賢治とモリスの環境芸術

芸術をもてあの灰色の労働を燃せ

宮沢賢治（1896〜1933）
岩手県花巻市に生まれる。花巻農学校の教師を経て農業に従事。農業と文化活動を中心にした「羅須地人協会」を主宰。賢治の「農民芸術論」はW・モリスの影響を大きく受けた。生涯、多くの童話・詩などを残した。

種山ヶ原の「風の又三郎」像

ウィリアム・モリス(1834～96)
英国のデザイナー、工芸家、詩人、ロンドンからテムズ河を遡り、「世界で一番美しいむら」コッツウオルズへの船旅を『ユートピアだより』として出版した社会主義者、19世紀のアート＆クラフト運動の創始者である。

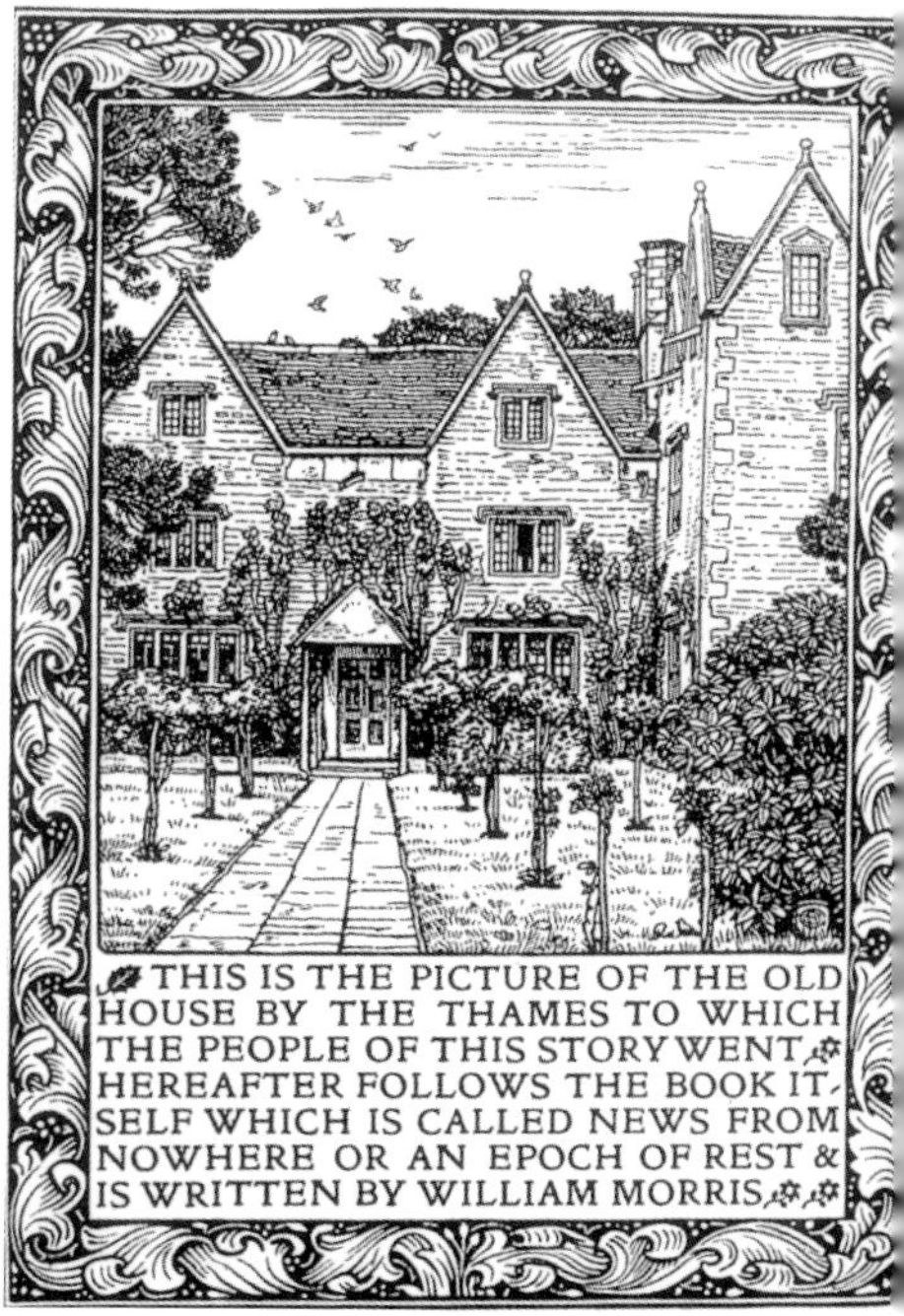

『ユートピアだより』（ケルムスコット版、一八九二）の扉絵

ケルムスコット・マナー。『ユートピアだより』の到達点、テームズ河の源流にある、モリスの別荘。

羅須地人協会の建物、宮沢家の別荘。現在「賢治先生の家」として花巻農業高校に保存公開されている。

「賢治とモリスの館」。仙台の作並温泉の近く、広瀬川の源流にある森のミュージアム、個人の別荘を公開。

はしがき

宮沢賢治は、色々利用されてきた。最近では、『憲法九条を世界遺産に』(集英社新書)する話に、「宮沢賢治と日本国憲法」が論じられた。

さすがに「世界遺産」は、笑い話の冗談に終わっているようだが、この話に賢治は当惑して嫌な顔をするのではないか。偶像崇拝をひどく嫌っていたから、ことによると怒り出すかも知れない。

ただ、太田光と中沢新一両氏による対談の中身には、「宮沢賢治は戦前の戦争的思考と戦後の平和的思想をつないでいる存在」との位置づけがある。それだけに、左右両翼からのイデオロギー的な歪曲は、賢治研究にとって不幸な時代の流れだったように思う。その払拭が重要な課題なのだ。

正しい賢治像のためには、「農民芸術概論」から「羅須地人協会」の活動、そしてW・モリスから賢治への社会・芸術思想の流れを、根底から問い直す作業が必要だと思う。二一世紀の環境芸術の視座を明確にしなければならない。

モリスから賢治への社会・芸術思想の継承をテーマに、あらためて勉強を始めていたが、昨年の今頃まで、本書を刊行する意図は皆無だった。第I部所収の菊池正「賢治聞書」との偶然の出会いがなければ、本書の出版はありえなかった。その点で、菊池氏ならびに吉田六太郎・矩彦父子には、ご協力への感謝の意を捧げたい。とくに矩彦氏は、写真撮影・資料収集はじめ、事実上の共同編集者であることを特記しておく。

「賢治聞書」とセットの「羅須地人協会二世の座談会」は、司会を務めて頂いた伊藤利巳氏の発案によるもので、座談会に参加の皆さんのご協力とともに、心より御礼申し上げたい。協会の地域実践の意義が、あらためて明らかになったのではなかろうか。

「聞書」が菊池氏によりガリ版で印刷されてから、すでに三〇年以上も経過してしまった。この間、コピーされたり、部分的な紹介などあったが、菊池氏がお元気な中に、是非完全な形で公刊されるべきだと考えた次第である。また座談会の内容が、その間の時間的空白を、少しでも埋めることになっていれば幸いである。

なお、「序」は平山昇編「Heart Beat」に書いた「賢治とW・モリス」に一部加筆した。第Ⅱ部と「補」は、「賢治とモリスの館」のホームページに書き続けているブログが下書きになっている。コメントを頂いた皆さんに御礼を述べたい。さらに、わが「館」への沢山の来館者には、直接の対話や文通などから、色々示唆を頂いたことに感謝する。

本書が、賢治ファン、モリス愛好家、ガーデニング同好者など、交流の場が拡がるとともに、環境芸術の豊かな夢の暮らしに向けて、少しでも役立つことを願っている。

出版は、縁もあり、筆者が生まれた一九三二年創業の時潮社にお世話頂いた。厚く御礼申し上げる。

仙台・作並「賢治とモリスの館」にて　大内秀明

二〇〇七年九月

賢治とモリスの環境芸術

――芸術をもてあの灰色の労働を燃せ――

目次

装幀　比賀祐介

序章　社会改革家としての賢治とモリス

「賢治とモリスの館」

「賢治とモリスの館」を数年前に用意した。はじめは、サロン風に皆が集まるのに利用できればと思って、海の見える丘の上のマンションの一室だった。少しばかりのモリス・グッズと著作、それに宮沢賢治の全集などを集めていた。しかし、すぐに手狭になったのと、居住用マンションで利用が不便だったので、思い切って仙台市郊外、作並温泉のはずれに別荘を兼ねた個人のミュージアムを建てた。

「館」の表札を見て、「お宅の名前は賢治さん、奥さんは外国の方でモリスさんですか?」と尋ねられたのには驚いた。「賢治は宮沢賢治のこと、モリスはイギリスの詩人でガーデニングの元祖のような人物、ウイリアム・モリスだ」と説明したが、宮沢賢治のことは解ったらしいが、W・モリスのことは全く通じなかった。

仙台に住んで四〇年、やはり東北では賢治との縁が深くなる。何年か前のこと、賢治ファンでもあった人物の選挙用ポスターに「農民芸術概論綱要」の一部「農民芸術の興隆」を引用したことがある。ここでも引用しよう。

世界がぜんたい幸福にならないうちは個人の幸福はあり得ない

いまやわれらは新たに正しき道を行き　われらの美をば創らねばならぬ

芸術をもてあの灰色の労働を燃せ

ここにはわれら不断の潔く楽しい創造がある

都人よ　来ってわれらに交れ　世界よ　他意なきわれらを容れよ

この文章を読んだ時、賢治の中に社会主義の思想を見る思いがした。仏教徒ではない社会主義者の思想である。いつか賢治の思想を勉強したいという思いに駆られた。

啄木だって同じだが、大正デモクラシー、そしてロシア革命の日本への影響は大きかった。その意味で、戦後民主主義の中で社会主義の思想に憧れを抱いたわが世代よりも、さらに大きく強く深い社会主義の洗礼を賢治たちは受けたかもしれない。東北地方は工業化の発展から取り残され、農村の疲弊と貧困の中で、資本主義への強い批判と社会主義への夢をかきたてられたのは当然だったろう。

しかし、賢治の「綱要」の一節から受けた印象は、ロシア革命のレーニンのボルシェビズムよりも、もっと広く深い社会主義の思想だったように思う。「芸術をもてあの灰色の労働を燃せ」、プロレタリア独裁の公式主義とは全然違う。

「都人よ　来ってわれらに交れ　世界よ　他意なきわれらを容れよ」、集権型共産主義の労農同盟とは別の世界の言葉ではないか。賢治の言葉に社会主義の思想の幅の広がりを感じたのは、この時は知らなかったし、気がつかなかったが、W・モリスの社会主義の影がひそんでいたのだ。

壁紙やカーテン、絨毯やコーヒーカップ、ステンド・グラス、独特の活字を使った美しい書物など、モリス・グッズを集めはじめたが、それはずっと後のことだった。

中学生だった頃、父や母が戦時中に隠し持っていた「思想本」の中に、モリスの「我等如何に生くべきか」やクロポトキンの「叛逆者の言葉」などがあった。怖いもの見たさの好奇心も手伝って、むさぼり読んだ経験がある。マルクス・エンゲルスの「共産党宣言」などよりも、ずっと強く扇動され、ショックを受けた。大学に入ってからは「空想的社会主義を相手にしても」ということで、モリスなどからは遠ざかってしまい、ひたすらマルクスの『資本論』の研究に没頭した。

「マルクスからモリスへ」、その大きなきっかけになったのは、一九八二年にロンドンに留学中のことだ。八三年はマルクス死後一〇〇年だった。それに先立ちイギリスBBCテレビが「マルクス・イン・ロンドン」という番組を放送した。さらに日本のNHKよりも商売上手なBBCが同じ題名の一〇〇頁ほどの冊子を発行して販売をはじめた。

　この冊子の表紙が真っ赤な色刷り、本屋の店頭にケバケバしく並べ立てられた。マルクスがロンドン亡命の三四年間、大英博物館など勉強したり生活したりした場所を、地下鉄のマップ入りで観光ガイドブックとして売り出そうという、逞しい商魂である。

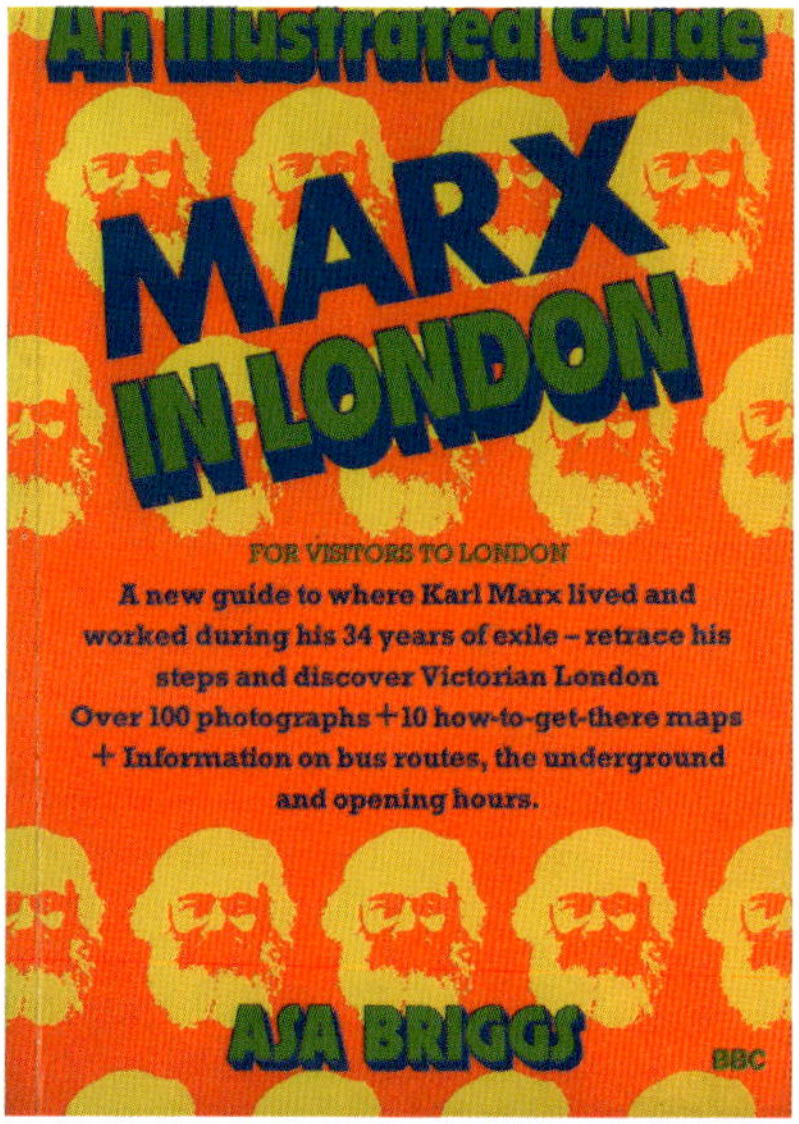

1983年は、K・マルクス没後100年だったが、その前年サッチャー政権の下、BBCがテレビ番組と同時に観光ガイドを兼ねた『Marx in London』を出版した。

　それは、サッチャー政権がフォークランド戦争に勝利し、ヴィクトリア時代の大英帝国の復活を掲げながら、新保守主義の「構造改革」をスタートさせようとした時だ。「ヴィクトリア王朝は、ドイツから追放され、パリにも居られなくなってしまったマルクス一家を迎え入れ、三四年間も『資本論』など大著を書く生活の場を与えながら、しかし七つの海を支配した。」

マルクス死後一〇〇年を観光資源に利用する、したたかなサッチャー新保守主義による改革の意図を感じたが、『マルクス・イン・ロンドン』の内容は「これを読めば博士論文の何本も書ける」と書評されたくらい、きわめて高水準のものだった。帰国後、邦訳の仕事を手伝い監修者になったので、そのさい巻末に書き加えた「解説」の一部を再録させてもらう。

本書は、マルクスの思想と科学を、一方ではロンドンの都市空間とともに、他方ではヴィクトリア時代の最盛期の歴史的空間にも位置づけたユニークなマルクス研究である。後進国ロシアやマルクス＝レーニン主義の教条的偶像なしに、生活者マルクスの人間的な思想や学説を相対化して、現代によみがえらせる意図を感じさせる。その点で、ヴィクトリア期イギリス研究の第一人者であるA・ブリッグス教授(＊)という、他に求められない著者を得たことの意義は大きい。マルクス主義やマルクス経済学の研究者だと、こうした広いパースペクティブをもった本は書けなかったと思う。

ブリッグス教授は、現在、オックスフォードの名門、ウースター・カレッジの寮長、つまり学長であり、上院議員でもある。〈ペンギン・ブックス〉にも収められている『ヴィクトリア時代の民衆』『ヴィクトリア時代の都市』などの著者として文字どおりヴィクトリア期イギリス研究の第一人者であるし、また国連大学の役員の地位にもあるはずである。教授は私に、マルクスについて書く気になった動機として、かつて同じ〈ペンギン・ブックス〉で『ウィリアム・モリス』について書いたことがあり、そのときに「いずれマルクスについても書きたいと思っていた」と語っておられた。モリスについては、本書に写真も入っているし、マルクスとのつながりについて短い解説がある。マルクスの思想に好意を示した数少ないイギリスの社会主義者であり、イギリス労働党の前身「社会主義者同盟」のメンバーであった。また、工芸美術家として高い芸術的価値を持つ

一八五七年、モリスはロゼッティの呼びかけで、仲間とともに共同制作した壁画のあるオックスフォード大学学生会館。©マナトレーディング㈱

「モリス織」などの創始者としても有名で、今日でもオックスフォード・サーカスに近いデパート（リバティー）には、特設売場がおかれ繁盛している。（A・ブリッグス『マルクス・イン・ロンドン』小林健人訳　社会思想社一九八三年一四四―五頁）

じつは当時、オックスフォードのカレッジの中にあった教授の家に招待されたことがある。ヴィクトリア期の典型的な家具調度品を揃えておられ、奥様の手作りの料理などご馳走になった。そのとき教授は私に「自分はモリスからマルクスの研究に入った。あなたはマルクスからモリスの研究に進んだらどうか」と貴重なアドバイスをいただいた。

帰途、少年時代にモリスを読んだ

日の興奮を思い出しながら、エンゲルスの『空想から科学』への逆になる、つまり「科学から空想へ」の道だと感じた。何か、思いがけずライフワークのテーマを授けられたような気持ちで、オックスフォードからロンドンに帰る汽車の中では、妙に胸の高鳴りが止まらなかった。

「いつかモリスの研究をしよう」と誓いながら、その頃からモリスの著作、研究書、それにモリス・グッズやヴィクトリア期のアンティーク家具などの収集をはじめた。それをもとに上記の森のミュージアム「賢治とモリスの館」をオープンしたわけだ。

＊　A・ブリッグス教授の肩書などは当時のものである。

モリスの社会改革と芸術

さて、モリスと賢治のつながりだが、その説明の前に、モリスの社会主義と芸術について、少しふれてみたい。前述のモリス『吾等如何に生くべきか』、また『新時代の曙』などに関して『ウィリアム・モリス研究』の著者であるA・コンプトン・リッケットが「審美的社会改革家としてのモリス」という短文を書いている。(＊)賢治とモリスともに詩人である点で、詩人の社会改革論として興味深いので紹介し、引用しておきたい。

＊　以下は、本間久雄の抄訳だが、Arthur Compton, Rickett "William Morris: A study in personality" 1913と思われる。

リッケットは、そもそも詩人の気質と社会改革者の気質は合わないのが普通だ、と述べる。なぜなら「詩人は芸術家であって、芸術家の折衷主義と貴族主義の学問とは改革者の心理的傾向」とは合致しないからだ。

「詩人は詩歌によって自己を表現する。彼の理想的社会では、賛美と願望が交互に歌われている。彼が韻律的な快調をもって自己を表現せざるをえないのは、あたかも彼が泣かざるをえずして泣き、笑わざるをえずして笑うのと同じである。しかるに改革家は、自己の他愛的衝動をいかんなく発揮することによって自己を表現するにすぎない。彼は、委員会や組合の組織を自分の叙事詩としている。けだし両方とも、彼らは自分達の天賦の才能により自分に最も適した仕事をしている。いうまでもなく、修養や教育は、彼らの活動力をつくる役目を果たすが、その根源となる衝動は、内部から発するもので、全く先天的、本能的なものである」（モリス「新時代の曙」平凡社『社会思想全集』第三二巻所収）

つづいてリッケットは、社会改革家を三つに分類する。

一、人道的改革家
二、理智的改革家
三、審美的改革家

この三つの分類の中で、人道的改革家の代表としてはチャールズ・ディケンズがいる。理智的改革家は少数であり、人心に訴えるところがないので人気もない。その典型はシドニー・ウェップである。第三の審美的改革家も決して多数ではないが、それに耳を傾ける人は趣味の感受性や芸術性に秀でた人だけだ。

「人道的改革家は倫理的な側面から改革を企て、理智的改革家は経済的な立場から改革を計るが、審美的改革家は芸術の門を潜って改革に近づく。彼の信条とするところは『美』であって、一見したところ、最も空想的で、三者のうちで最も非現実的のように思われるが、事実上は活動力のおよぶ範囲が容易に限定されるため、かえって他のものより直接に現実的であることが多い。……芸術家と生活、美と道徳、喜びと活力との間の関係を明らかにしている。

ウィリアム・モリスこそ、この種の最も好適な実例である。」

モリスを審美的改革家の代表者に選びつつ、さらに以下のような高い評価を加えているので、少し長いが引用しておきたい。訳文は、やや古い文体なので現代的に変えてある。

「誰もモリスに対して改革家的気質に乏しいと言う点で不満を感ずるものはあるまい。もっとも彼は、工芸美術においても文学においても、熱心な芸術家であった。人間として親しみもあり温かみもあったが、社交的な人でなかったことも確かである。彼が、社会改革にたずさわったのは、人道主義の感情でもなく、理智的の信念でもないことは明らかである。それならば、彼の他愛的衝動を刺激して、彼をして改革家たらしめたものは何であったか。

彼は半生を全く芸術家の世界に住んでいた。この隠れ家から彼を引き出して街頭に立てしめたものは何であったか？　彼は他の芸術家ほどに芸術を愛さなかったのであろうか？　否、彼は多くの芸術家に比べて、より以上に芸術を愛した。彼の他愛的衝動が実践行為となって現れたのも、むしろ芸術に対する彼の熱誠にほかならない。

しかし、創作家衝動と他愛的衝動とは根本的に相反するものだ。芸術家は常に自己を主張し、他愛主義者は常に自己を忘却する。それならば、芸術家としての彼の熱誠が、いかにしてモリスを社会改革家たらしめたのであろうか？

この問題を解くためには、芸術に対するモリスの愛の性質が劇甚であったにもかかわらず、その範囲が著しく局限されていたことを忘れてはならない。

彼が晩年に述べた言葉の中には、社会的方面の美のみに心を引かれるという意味がうかがわれるが、むしろ美が何らかの社会的要素を充たす場合にこそ、最も強く彼に訴えたのだと解するほうが真実に近いであろう。

モリスはその初期においては、ただ美しいものをつくれば、それが人に悦ばれるものと思っていた。しかし終わりには、卑賤な生活や醜悪な環境が美観を傷つけることを悟った。同時に先ず人々の生活を改め、人々の環境を改革することが第一であると考えたのである。

その上で、つぎに生ずる問題はこうである。――モリスは単に芸術家としてその主義に奉仕することによって、最もよくそれを実行しえたであろうか？　それとも生来不適当な、むしろ改革家のなすべき仕事をなすことによって、最もよくその主義を実行しえたであろうか？

これについては、私はモリスが飽くまでも己の性格と気質にしたがって、両方の仕事をしようとしていたのだと言えば十分である。どんな人も芸術と社会との両方に仕えることはできないが、モリスはこれを計画して一生を終ったのである。」


モリスと賢治、この二人に共通する気質は何だろう。いうまでもなく「詩人」としての気質である。賢治は童話も書いたし、評論も書いた。農学校で教えたこともある。花壇を設計したガーデンデザイナーでもあった。

モリスにいたっては、詩人よりも「モリス織」の工芸美術家として有名である。最近では、テレビなど庭園デザイナー「イングリッシュ・ガーデニング」を支えている思想家として紹介される機会も多い。絵も描いたし、ステンド・グラスや家具も製作した。まことに多才な人物である。しかし、リッケットが正しく紹介したとおり、彼は詩人であり、詩人の魂を持った社会主義者であり、社会改革家だったのだ。

その点で、賢治とモリスに共通した資質を見つけ出すことはできるはずだ。たしかに、賢治には法華経の理念を信仰し、「大乗教のいう如来性や菩薩性も描き出される死後願望のユートピア世界」を「心理学」上で考えていた傾向は強いだろう。（吉本隆明「賢治文学におけるユートピア」『国文学——解釈と教材の研究』第二三号一九七八年）

しかし、賢治が上掲の「農民芸術の興隆」の中で「芸術をもてあの灰色の労働を燃せ」と訴えるに当って、わざわざ「芸術の回復は労働における悦びの回復でなければならぬ　Morris "Art is man's expression of his joy in labor."」とメモしている。

さらに、賢治は続けて、モリスの思想への共感をも記した。

Morris ◎
明らかに有用な目的
休息自らの創造
生産
時間の交易物は自ら造れ
変化
能力の発展
環境の楽しいこと
好める伴侶あること

モリスとともに賢治もまた審美的改革家の一人として、二人の詩人の社会的改革家としての思想と実践を考えてみたい。とくに賢治は、花巻農学校（現在、花巻農業高校）を退職して、地域の農民たちを集めて、羅須地人協会の活動を行なっている。この地域の活動の芸術思想・社会思想の骨格となったのが、ほかならぬ「農民芸術概論綱要」だった。賢治とモリス、二人の天才的な審美的改革家にとって共感しあい、同調しあえるものは何だったのか、そして二一世紀を迎えた今日においても、多くの人々に訴える二人の詩人の心の深層を探ってみたい。

第Ⅰ部　宮沢賢治「羅須地人協会」の群像

花巻市桜「羅須地人協会」跡、雨ニモマケズ碑

第一章　「賢治聞書」　伊藤与蔵（聞き手　菊池正）

はじめに

私の近所に、伊藤与蔵さんという方がおられます。

たまたま、宮沢賢治先生を知っておられる方だと聞きましたので、早速お訪ねしてみました。

伊藤さんは、大正十五年四月、宮沢先生が農学校の教師を辞められて桜（*）に移った時から、昭和三年八月、病気になられるまでの間の約二年半羅須地人協会を中心に、先生からいろいろとご指導を受けたという間柄なそうです。

私は、伊藤さんを何べんも訪ねてお話を聞きました。ある時はしつこいような聞き方をした時さえあります。それでも伊藤さんは、いやな顔ひとつせず、話して下さいました。宮沢賢治先生の人柄を知る大切な資料となると思いましたので、下手な文をも顧みず、聞き書きとしてまとめてみました。ご批評をいただければ幸いと存じます。

昭和四十七年八月十一日

菊池正

＊　現在、岩手県花巻市桜町

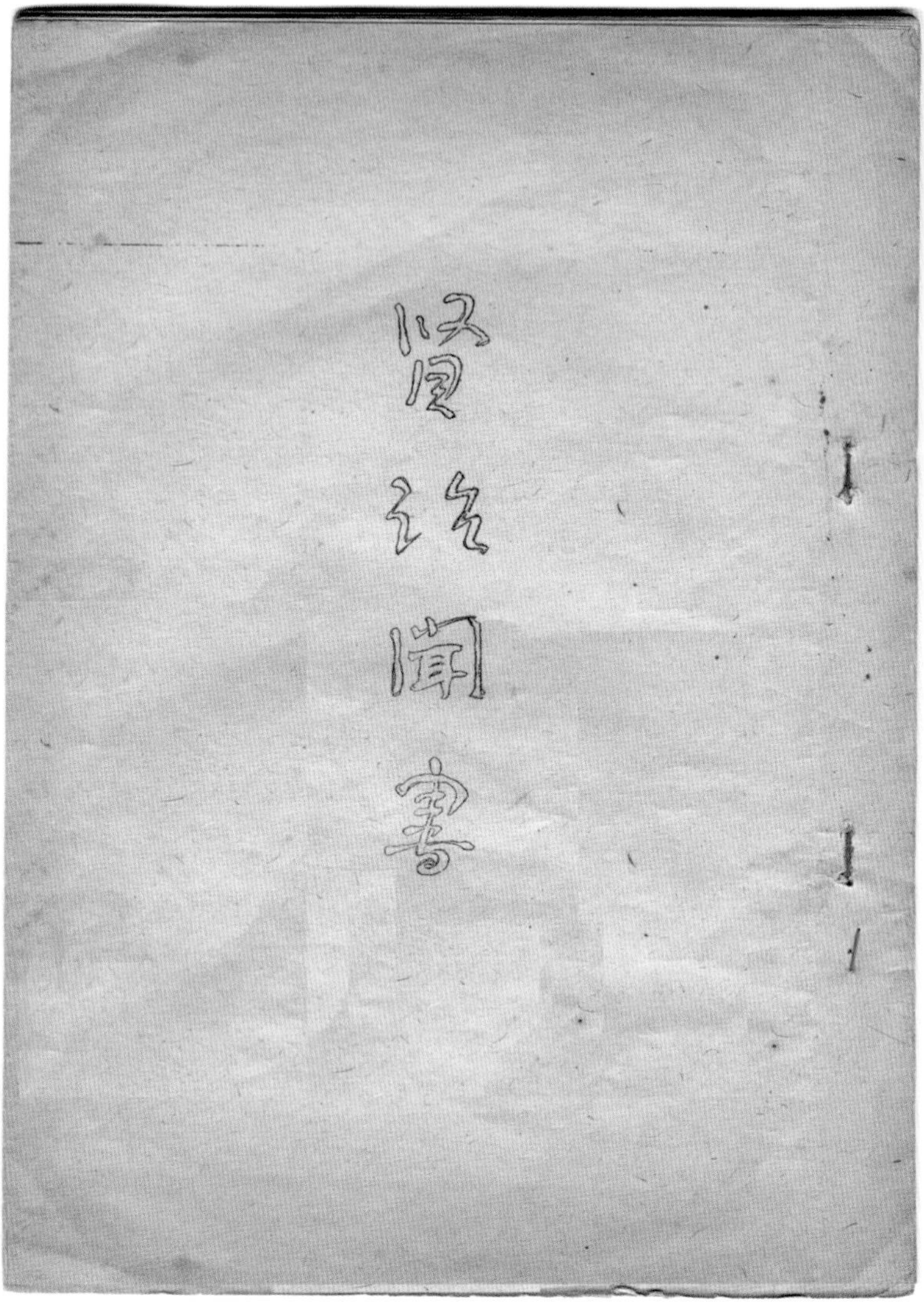

「聞書」表紙

伊藤与蔵さん　一九三九年（昭和一四）三月　三〇歳

賢治先生と私

私が宮沢先生とお付き合いの始まったのはたぶん大正十五年、先生が桜の別荘に移られてから間もない頃からだったと思います。

私の近くに農学校（＊1）に入っていた伊藤忠一君がおりましたので先生の評判は前から聞いていました。先生が桜へお出でになった時、伊藤忠一君と二人で出かけていったように覚えています。

宮沢先生のことを私たちは最初から「先生」とお呼びしていましたが、部落の人たちは「宮右かまど（＊2）のえなさん」とか、「豊沢町のえなさん」とお呼びしていたようです。まもなく、だれもかれもみんな私たちと同じように「先生」とお呼びするようになりました。桜では先生といえば学校の先生のことでもなく、お医者さんのことでもなく、宮沢先生のことでした。

私の家は別荘から西の方へ約二百メートルぐらいのところにありましたのでしょっちゅう別荘に先生を訪ねてはお話を聞いたり仕事のお手伝いをしましたので誰よりも先生からいろいろのことを教わったのではないかと思っています。

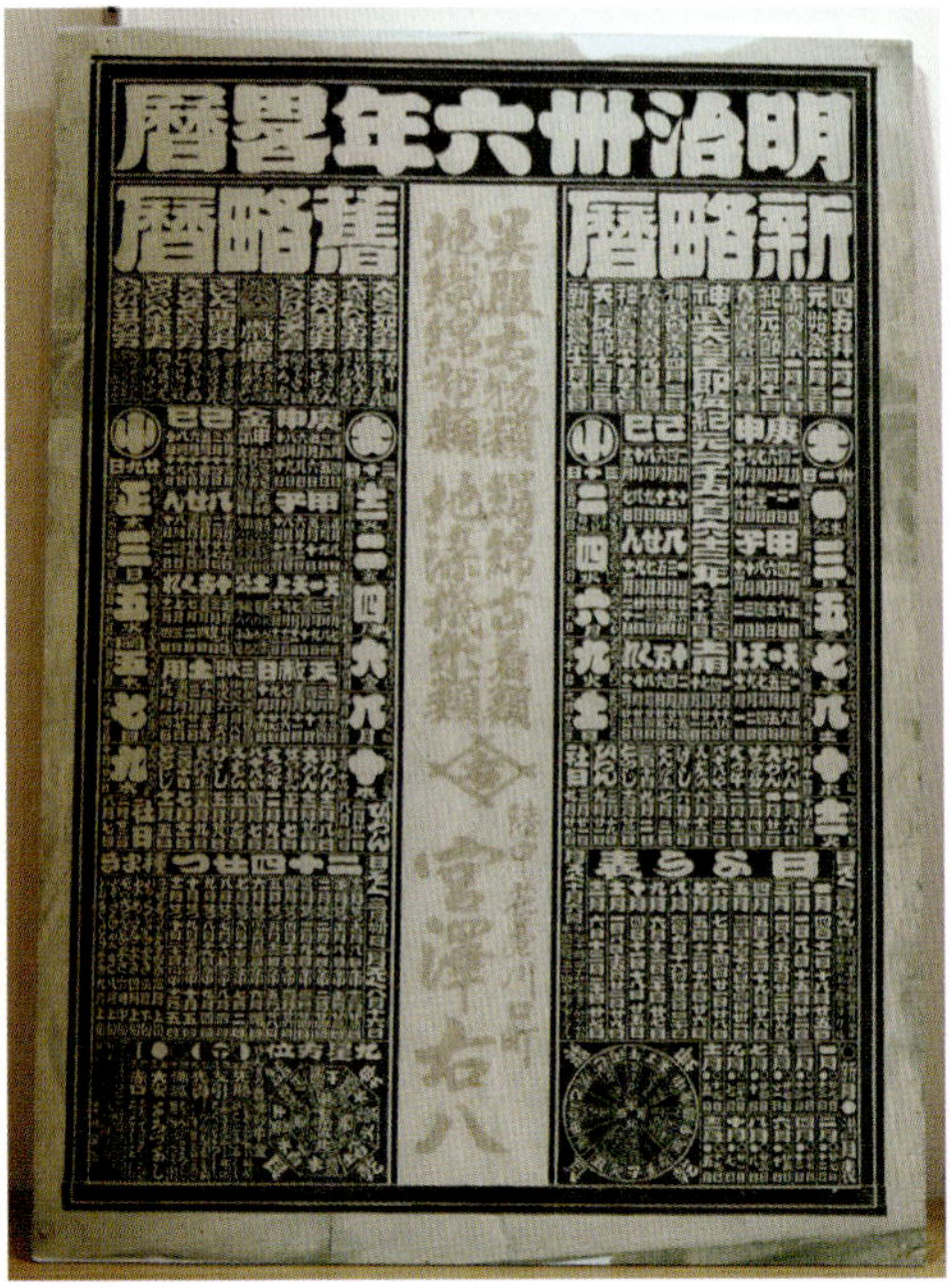

一九〇三年（明三六）宮澤右八商店が出した暦なお「宮澤右八」は、賢治の曾祖父の名前である

「与蔵さん、ばんに活動写真見に行きませんか」などとさそわれると、私はうれしくてうれしくて、もう明るいうちに夕飯を済ませてとんで行ったものです。活動写真は、先生が選んでからさそわれたのだと思いますが、今思い出そうと努力してもどんなものを見たのかさっぱり記憶に残っていません。入場料はいっさい先生がお払いになられたのでしょう。入口で先生がひとこと、ふたこと話しますと、どうぞ、どうぞと言われて料金は払わずに入ったように思われます。私はその時十八才ぐらいで先生は三十才ぐらいでしたが、先生は私のようなものにも「与蔵さん」とさんをつけて呼ばれました。誰に対しても非常にていねいなことばづかいでした。

　私は、昭和六年の一月に弘前の歩兵聯隊に入隊し、そのまま満州事変に従軍しまし

昭和６年１月、満州事変で召集された与蔵さんに賢治が宛てた賀状
伊藤昌介さん提供

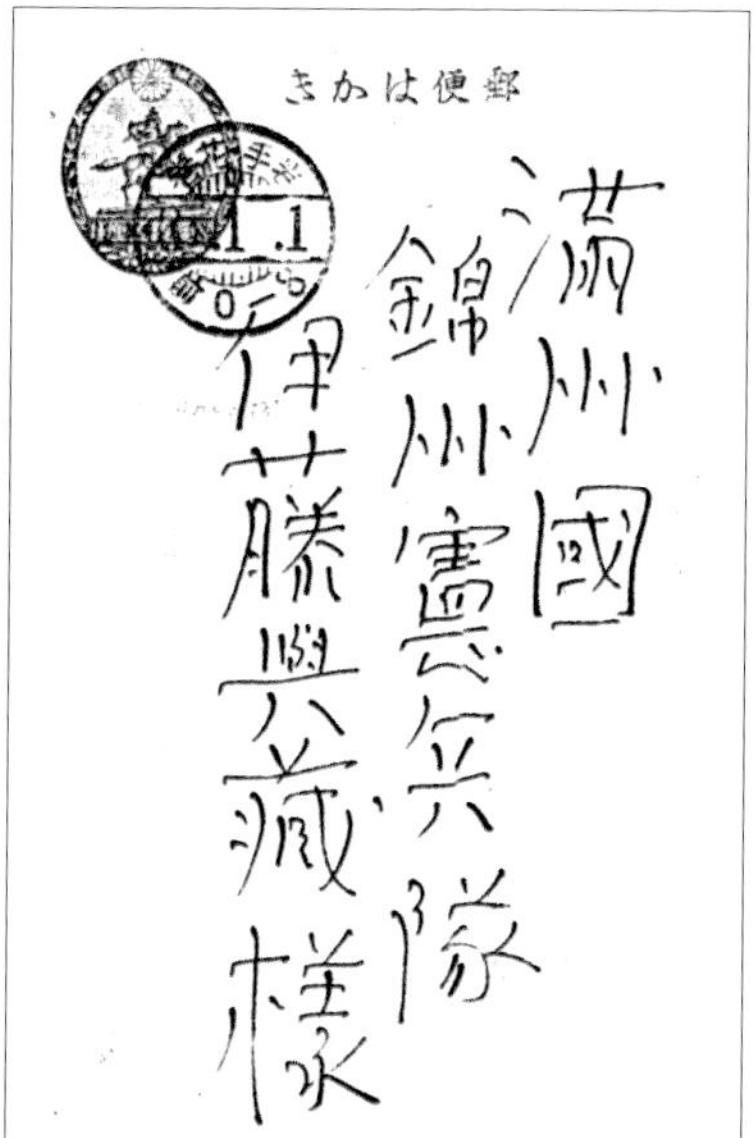

（表）

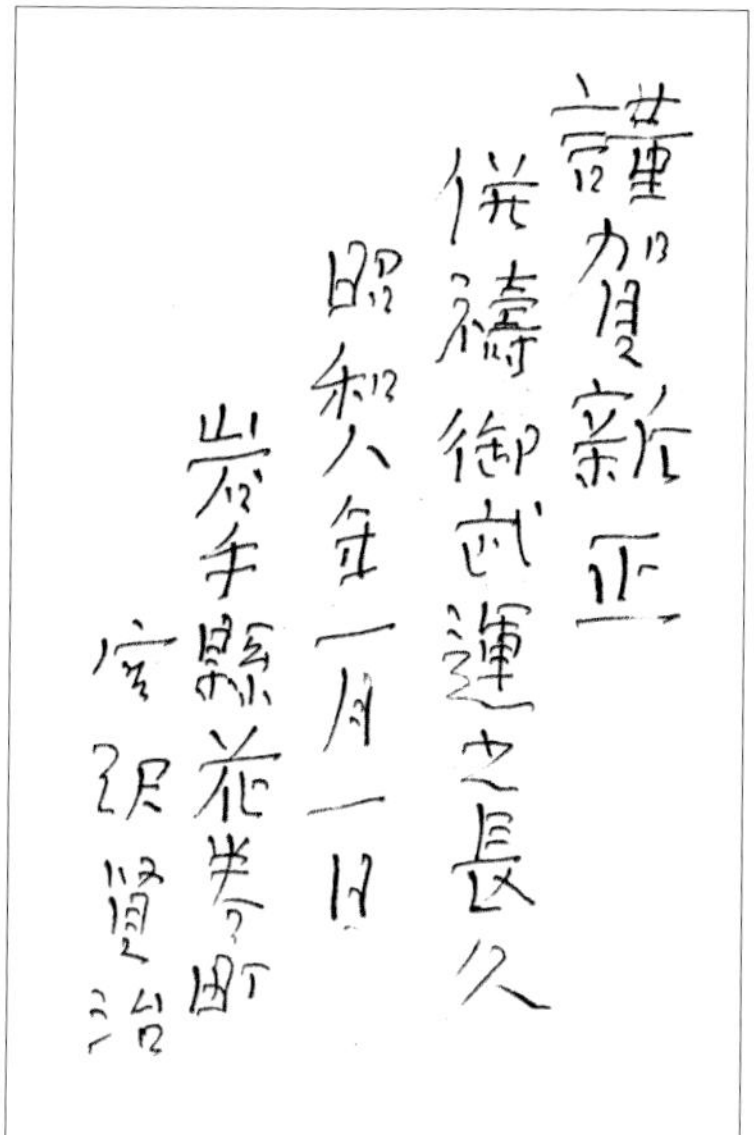

（裏）

下ノ畑標柱
実際は標柱より70〜80メートル奥か

たのでそれ以後は直接お会いすることはできませんでした。

先生はどういうわけで桜に住まわれるようになったのか詳しく知っている人はいないようでした。ただ私たちには「町にいる時に比べて大変静かでいい」ということや「私の書いたものを落ち着いた気持ちでなければうまく直せない」と言われたことがありました。「書いたものは、はじめはこれで良いと思っていても、時が経つといけないところがたくさん気がついてくるものです。よく宮善さん（＊3）から、〈お前たちは知ったようなことを言っているが、俺たちから見ればまだまだ子どもだ〉とよく言われたものですが、今になって気付くことがいくらもあります」と言っていました。

先生が働いていた畑というのは、一町歩近くもあったと思います。畑は川流れ（川の増水の度ごとよく流される場所）のところでしたので、大部分は砂地で作物はあまりよく育たないところでした。近所の人たちでさえ耕作することを好まなかったようです。そういうところで天気の良い時は毎日出て働き、その暇をみては原稿を直し

〔盗まれた白菜の根へ〕
一九二六、一〇、一三、

盗まれた白菜の根へ
一つに一つ萱穂を挿して
それが日本主義なのか

水いろをして
エンタシスある柱の列の
その残された推古時代礎に
一つに一つ萱穂が立てば
盗人《ぬすびと》がここを通るたび
初冬の風になびき日にひかって
たしかにそれを嘲弄する
さうしてそれが日本思想
弥栄《いや》主義の勝利なのか

たり、詩を書いたりなさるのですから肉体的にも精神的にも大変なことだったと思います。私の家の畑はすぐ隣接していましたので、よく先生が畑で働いているのを見たものです。雑草もよく取られてきれいになっていました。先生の畑の仕事には私は手伝ったことはありません。恐らく、だれにも手伝ってもらったことはないと思います。いつも一人でやられておりました。畑にはアスパラガスやとうもろこし、白菜や野菜がつくられ、麦や大豆はつくられませんでした。「私はこの頃、雑草のことを調べていますが、草には取っても根が残る草と、抜き取ると枯れてしまう草、土の中に埋めるとすぐ芽を出す草などと何種類かに分けて処理をしています」と、うちの母に話していたことがありました。先生の手は、細くて、やわらかな華族さまの手という感じの手でした。その手で鋤をにぎり、草を取って働きましたので、何ケ月かたったら、その手が固く、平たくなってしまって見るに耐えないような痛々しい感じになりました。それに比べて体の方は、割合ガッチリと丈夫でした。私は羅須地人協会の集会にはできるだけ欠かさずに出かけましたし、ひとりでも出かけました。その度に先生は私たちを心から喜んで迎えてくださいました。

この間テレビで佐良直美を見ていましたが、直美がちょっとした失敗をした時、ほんとうにおかしそうに笑った顔を見ました。その時私は、宮沢先生の笑い顔によく似ているなあと思いました。鼻のあたりの様子でしょうか、あんなにまで先生に似た感じの人に会ったことはありません。

先生はいつも明るく話の途中によく笑われる方でした。昭和八年の一月に先生から筆元のしっかりした年賀状を満州（現中国東北部）でいただきました。私は先生が元気になられただろうとばかり考えていましたので、国へ帰ったなら又先生からいろいろ指導をいただけると思って楽しみにしていましたが、帰った時はもうお亡くなりになったあとでした。

＊1　当時は、郡立稗貫農学校、のち県立花巻農学校、現在は県立花巻農業高校。
＊2　賢治の生家のこと、後出。
＊3　賢治の母方の実家。

桜の別荘

羅須地人協会の桜の別荘はいつ頃建った建物であるのか私は知りませんが、私がもの心のついた頃はもうちゃんと建ってあったように思います。近くには太い松の木の林があり、こんもりとした森の中なので寂しい所でした。夜などよくふくろうの鳴き声がしました。「いうことを聞かないと、ふくろうに食べさせる」とよく母から言われたものです。

その頃、私の家ではたくさんの種類の菊を植えていました。菊の花盛りの頃だったと思います。父に、「別荘へ菊の花をもっていってこい」と言いつけられて持っていったことがあります。別荘に花を持っていったら、おじいさんの人が庭にいて、井戸ポンプの修理をしていました。なんでも、吸い上げの革が破れたので、革靴の革かなんかで修理をしていたようでした。「廃物利用とはこのことだ」と言っていたように覚えています。

私が菊の花を差出すと、「よく来た」と言ってお菓子をくれました。ちかくにおばあさんのような人もいて、二人の話合いがとても丁寧なことばづかいであったことを印象深く覚えています。宮沢先生が桜にお出でになった時、このことをお話ししたら、「私のおじいさんだろう」と言われましたが、革靴でポンプの修理をなさった話の時、ちょっといやな表情をされました。

先生が別荘に住むようになって間もない頃でした。「この建物に名前をつけたいと思うがどんな名前にしたらいいだろう」とみんなに相談されたことがあります。私などは学問もないものですから「先生が考えた名前をおつけになられたらいいでしょう」と言いました。それでも相談をかけられるものですから、私は「カッパの沢はどうでしょう」と言いました。勿論とり上げては頂けませんでした。その別荘の建っていた近くを私たちがカッパの沢と呼んでいるところでした。いろいろ考えられた末、羅須地人協会という名前が出てきたのではないでしょうか。

別荘の付近には大きな松の木が何本もありました。先生はその松の木を何本か一人で切り倒しました。何しろ素人ですからうまくいきません。普通木を切る時には枝の多い方に斧を入れ切り倒すのですが、先生は切り易いところがら

賢治が多助さんに譲った建物

鋸を入れるので途中まで切れるとしぶくなって鋸が動かなくなるのです。そこで鋸を抜きとって反対からひきはじめます。前の切れ目と交叉してもなかなか木は倒れません、「物理学的に考えるとこんな筈がないのだが」とかなんとか言っていましたがやっぱり倒れません。見ていて危険ではあるし、滑稽でもありました。「あまり切るとおやじがなんとかいうだろうな」とも言っていました。

別荘の庭には外便所の建物がありました。白壁の建物で当時としては立派なものでした。先生はそれを普段よく手伝ってくれる近所の、渡辺多助という人にくれてやりました。多助はその頃分家したばかりで、便所はむしろを吊るしたような粗末なものでしたので喜んで貰い受けました。近所の若者が何人か手伝って多助の家まで運んだのを記憶しています。多助の家は粗末なのに便所の建物だけが立派なので、しばらくの間なんとなく釣り合いのとれない感じでした。今でもその建物は残っていると思います。

羅須地人協会

別荘の階下の部屋には、農学校で劇に使ったという空色の幕を張りました。張った幕には二尺間隔ぐらいに上から下までとどくように火縄をさげて釘で止めました。「こういうふうにすると部屋が非常に広く見える」といって眺めておられましたが、私などは妙なことをするものだと不思議でなりませんでした。先生はほかに丸い藤椅子を十五ぐらい買ってきました。私たちの集まりは普段二十人位で二十歳以下の者は四、五人であとはそれ以上の人たちでした。中には五十歳位の人も交じっていました。若い者の中には農学校を卒業した人も何人かいました。「与蔵さん、あなたは農学校を出た人よりのみこみが早いですね」などと言われたりしたものですから得意になって勉強をしました。先生の講義に、植物生理学というのがありました。先生は大きな紙にきれいな図を書いてきて、蒸散作用とか、炭素同化作用とか、毛根の働きなど分かりよく説明されました。「植物に必要な水分は、幹の太さに比例します。例えば一斗ます位の太い木は、一日に一斗の水が必要です」などと話されました。また、「小麦の根は八尺も伸びています」とも言われました。そんなことはないだろうと思って、「本当ですか」と聞きかえしますと「本当です。野菜などの根も長いものです。そのために移植をすると毛根が切れるのでぐったりとなるのです。」という具合でした。「植物生理学をしっかり勉強すると稲作のことはよく分かるものです」と何べんも言われました。

肥料の勉強は化学記号から始まりました。酸素のO、水素のH、窒素のN、硫黄のSというように私は初めて習うことなので一生懸命でした。おかげで今でも忘れていません。「地球には、鉄分がたくさんありますが、世界全体の作物に対してひとにぎりの鉄分があれば間に合うものです」というようなこともお聞きしました。土壌の講義のあと「赤い土壌と、黒い土壌とどちらがおいしい作物が出来るものでしょうか」という質問が出た時は「みんなにわかるように説明することはなかなか難しいです」と苦笑されたという話を聞いたことがあります。

農民芸術という学科もありました。これは大変難しくてよくわかりませんでしたが、ウィリアム・モリスなどの言葉を引用し説明さ

集会に利用した羅須地人協会の階下の部屋

れました。「芸術は唯ひとつの表現である」「人間はよく働かなければならないこと」「働く中で立派なものをつくっていくこと」というように言われました。「何も汗水を流し苦しく働くことだけがいいことではない」とも言われました。これは先生から聞いたことであったかどうかあやふやですが、働くということは「はたを楽にすること」ということが心に残っています。はたというのは周囲の人たちということです。自分だけ得をするために汗水流して働くことは本当の意味の働くことではないということです。働くことは家族なり、地域なり、又国の発展のために努力することだと教わりました。例えば演劇活動も一つの労働です。演劇の中の役には必ずしも善人だけではありません。悪人も必要です。悪人の役をやる人があってはじめてその演劇が成り立つのです。同じように人にはそれぞれの役割があり、その役割が全体にどのような関係になっているかを良く考えることが必要です。そういう理解にたってみんなのために尽くすことが労働です、「大昔は、人間はみな百姓でした」と先生は言われました。「当時の百姓の生活には歌もあり、踊りもあり、芝居もあったのです。世の中が進むにつれてそれらのものはみな職業芸人に横取りされてしまって、百姓にはただただ生産労働だけが与えられるようになったのです。これからの百姓は芸術をとり戻して楽しく働くようにならなければなりません。」というようなことをおっしゃられたように思います。

太陽の力が働かなくてもできるもの

いつものように私たちが別荘に集まって先生の話を聞いていました。「ところで、太陽の力が働かなくてもできるものがあったなら一言いってみなさい」と言われました。私たちは首をひねっていろいろ考えてみましたが、よい答えが浮かんできません。そのうち「先生、それは鉄ですか？」とか「石炭だと思います」とか、たくさん答えが出てきました。

先生はひとつひとつの答えをていねいに説明されて、みんな太陽の力が働いていることを話されました。その時私の頭に浮かんだものがあります。これなら大丈夫と思って、「先生、それはきのこでしょう」と言いました。すると先生は「きのこは、太陽の光の当たらない日陰などに出来るものですが、やはり太陽の力が働いています」と言って、木の葉や木の根や水分などみんな太陽に深い関係のあることを説明されました。私たちがいくら考えても太陽に関係のないものがないように思いましたので、「それでは先生、太陽の力が働かなくてもできるものはあるのですか？」と尋ねてみました。先生は「私たちの住んでる地球は、太陽の分身と考えると、全然太陽の力の働かないものはないということになるでしょうが、まあ他のものより太陽の力を受けていないものは地震でしょう」と言われました。私たちは目に見えるような物ばかり考えていましたので、先生の答えが私たちをからかっているように思われましたので、「先生は、私たちをからかっているのでしょう」と聞きかえしますと、「いや本当です」と真面目な顔で答えられました。

先生はいつも、太陽のありがたさというものを心の底から考えられていたのではないでしょうか。それでこんな質問を出されたのだと思います。こんなことを話されたことがあります。「学校では、天皇陛下がいちばんありがたいと教えていますが、これは天皇をとりまく一部の人たちの都合の良い考えなのです。私は天皇陛下をとやかく言う気持ちは少しもありませんが、世の中が何かのきっかけで大きく変わると、天皇制などというものはガラガラと崩れていくものです。世界で一番ありがたいものは太陽です。」

早地峰山に登山した時、山頂でご来迎を熱心に拝んでいられた先生のようすを伊藤忠一君から聞いたことがあります。それは、信仰まで、高められたもののように感じたと言っていました。おそらく日常でも、朝早く起きられて、太陽に向かって感謝の気持ちを捧げられていたのではないかと思っています。

早春の早池峰山

私は小ブルジョア

「革命が起きたら、私はブルジョアの味方です」こう先生ははっきり言われたことがあります。先生はいつも「私は革命という手段は好きではない」とも言っていました。又、「私は小ブルジョアの出身です」とも言っていました。「私は今こうしてみんなと同じように働き、みんなの味方です。けれども万一、革命が起こったならば、私はブルジョアに味方するようになります。」と言われました。

「与蔵さん、選挙演説を聞きに行きましょう」と誘われたことがあります。演説会場は相生町の繭市場ではなかったかと思います。候補者は泉国三郎(*)でした。会場では演説が始まっていました。警官が脇にいて、時々「中止」「中止」と叫んでいました。どんな話の時に中止だったのか覚えていません。話の内容も覚えていません。演説が終わってから二人で帰ってきましたが、途中先生は何も話さなかったようです。

その頃のことと思います。花巻農学校の生徒に、何か不穏な空気があったことを聞きました。ある日先生は「農学校の生徒をおこりつけてきた」と言っていました。

泉國三郎の政見演説ポスター

伊藤忠一君がマルクス全集を買いました。それを聞いて先生が、十年かかっても理解はむずかしいよ、と言っていました。今思い出してみると、先生の話の中に、カール・マルクスとか、フリードリッヒ・エンゲルスという名前がなんべんもあったように思います。たぶん社会主義に対する先生のお考えもお話になったと思いますが、残念ながら少しも覚えていません。

＊ 昭和三年二月二〇日普選による最初の衆院選挙か。当時、泉氏は労農党稗和支部、支部長だった。

死ということ

先生は大変信仰深い方でした。集りの時など、誰かが、どこそこのお婆さんが、今朝亡くなったそうだ、などと話をもってくると先生は、そうか、と言って静かに合掌してしばらくの間お経をとなえ、その人の冥福を心から祈っているふうでした。

「先生、死ぬということはどういうことなんでしょうか」とお聞きしたことがあります。先生は、「今ここに溶鉱炉から流れ出るどろどろの鉄があるとしましょう。その中に一人の人間が飛び込んだならどうなると思いますか。ジューという音もしないでしょう。忽ち灼けた鉄といっしょになって何一つ形がなくなってしまいます。死ぬということはそういうことです。溶鉱炉でなくても、死んでしまえば何十パーセントの水分が空中に霧散してしまうでしょう。何パーセントのカルシュームは土に交ってしまうでしょう。何パーセントの鉄分は空気中の酸素と化合するでしょう。ただそれだけのことです」と言われました。

信仰を求めている人が先生にお聞きしたなら、先生はその人に応じた答えをなさったと思いますが、私はあまりそういうことを考えていませんでしたので、そんなふうに話されたのではないかと思います。宗教についてもう少し勉強してみなさい。とか、法華経というものはこういうものです。などとはひとことも話されたことはありません。ただ先生が病気で休んでいる時、お見舞いに行ったことがありますが、何の話をされた時でしたか覚えてはいませんが「法華経について知りたかったなら高瀬露子さんが良い本を持っていますからお借りして読んでみなさい」と言われたことがあります。その本の名前は忘れましたが「日蓮宗の何とか」という本のような気がします。私は高瀬さんへ行ってその本をお借りして読み、先生に言われた農学校前の南部さんのお寺へ返しました。

先生の怒り

いつも静かな先生が、一度、たった一度だけ大きな声で怒られたことがあります。

私はいつものように別荘に先生を尋ねて行きました。その時先生は、伊藤忠一君の来るのを待っていたようでした。私が呼びに行ってきましょうか、といいますと、もうすぐ来るでしょうからいいです、といわれました。

間もなく忠一君がニヤニヤ笑いながらやって来ました。

「今、川のほとりを焼きはらってきた。害虫駆除というわけですな」とさも得意そうに笑ってみせました。ところが、先生は、「なんてバカなまねをするんだ」と大きな声で怒りつけ、そばにあったバイオリンの松脂をとるなり、いきなり床にたたきつけました。松脂は床に砕けて細かく四方に散りました。私は先生の怒ったことを見たことがありませんでしたので最初のうちは、先生がふざけているのではないかと思っていましたが、先生は本気で怒っていたのでした。

「あんたは、もう子供ではないのだ。そんなことぐらい考えつかないのか」と語気を激しくしてせまりました。忠一君は、全く予想もしなかった事態になってしまっておろおろするばかりです。焼き払った川のほとりというのは、別荘からあまり遠くないところで、広い畑が北上川の岸にせまっているところです。川と畑の間が五、六間ぐらいあって、そこがやぶや枯草の原っぱになっていました。長さは百間ぐらいも続いていたでしょうか。毎年北上川が増水するたびに、岸がけずり取られ、そのたびに畑がせばめられるわけです。川のほとりに石などを積み重ねたりして浸食を防いでいるというところでした。その原っぱにいつの間にか、自然生の赤松が何百本と生えて三尺位も伸びていました。これからぐんぐん伸びるにつれ川岸も崩れないようになり、畑も大助かりというわけだったのです。忠一君はその松の木まで焼き払ってしまったのです。最初はバラ株でも焼くつもりだったのでしょうが、春の乾燥しきった空気に、火は忽ちのうちに燃え広がり、原っぱの続くかぎり燃えてしまったのです。先生はこの様子を別荘から見ていたのでしょう。「あそこは、私の土地だからということで怒るのではない。誰のものであっても土地は大切なものだ。害虫駆除だなんてあまりにも浅薄な考えだ」となおも怒っています。

忠一君は、先生にひと言も言わないものですから、私は「先生にお詫びをしたらどうだ」とそばからそっと囁きました。すると「お前は黙っていろ」と大きな声で私が叱り飛ばされました。忠一君は声をたてて泣き出しました。

しばらくして先生の怒りもおさまったようでした。いつもの静かな口調に戻り、いろいろ話されましたが私は先生がこわくてガタガタふるえて、話も何も聞こえませんでした。
先生と別れて忠一君と帰る時、震える足を踏みこらえて階段を降りたことを覚えています。最初にして最後です、先生の怒りにふれたのは。

川原の松の木は枯れたままになってしまいましたが、今あの松が生えていたなら、松の立派な林が出来ていたことでしょう。惜しいことをしたものです。

本

別荘の下の部屋は、私たちの教室に使用されましたが、二階は畳敷きの部屋になっていて先生が仕事をなさるところでした。オルガン等も二階にありました。その二階の床の間は、書棚のようにつくられて本がぎっしりと並べてありました。

ある時、先生は「よそでは買っても読まない本を本棚に飾っているところがあるそうですが、私は、そこにある本はたいてい目を通しています。どの本でもいいですから取って中を開いて何が書いてあるか聞いてみてください」と言われたことがありました。私は中ごろから一冊を抜き取ってページをめくり「ここはどんなことが書いてありますか？」とお聞きしましたら、「そこには、これこれのことが書いてある筈です。だいたいこんなことではないですか」と内容のあらましを言われました。読んでみると難しくてよくわかりませんでしたが、そのようなことが書いてありましたのでびっくりしました。あんなにたくさんの本を、よく内容まで詳しく読んだものだと今でも感心します。

また、ある時、宮右かまど(宮沢先生の生家のこと)に用事があって行った時のことです。庭にたくさんの本が投げ捨てられていましたので、近くにいた清六(＊1)さんに「この本はみんな捨てるのですか」と聞きましたら「本があまり多くなったので不用のものを焼き捨てようと思っているところです」と話されました。私は勿体ないことだと思って、それでは私に下さいませんか、といって二、三冊をいただいて帰りました。倉田百三の「愛と認識との出発」はその時いただいた本で何べんも読み、討論会の種本にしたこともあります。

先生の花壇づくりにはよく手伝いました。花巻温泉や共立病院や市営住宅に行きました。ある時「この本を読んでみるといろいろ参考になりますよ」と言って造園の本を渡されました。私は家へもって帰り、拾い読みしましたが、庭づくりのほかに、墓地のつくり方まで書いてあったので私も欲しくなりました。

「先生、先生からお借りした本、少し汚してしまいました。私も欲しいと思いますから売って下さいませんか」と言いましたら、「あれは私は読んでしまいましたから、あなたに上げましょう」といって気持ち良く私に下さいました。それは、田村剛の造園学概論(*2)という本で今でも大切に持っています。

*1　賢治の実弟、宮沢清六氏のこと。

*2　田村剛著『造園学入門』大正十四年九月に発行された。造園の歴史から世界各国の造園、造園計画論などが写真・図版とともに紹介されている。文中の墓地の作り方は二四七ページにある。定価三円七〇銭。二四九ページ。

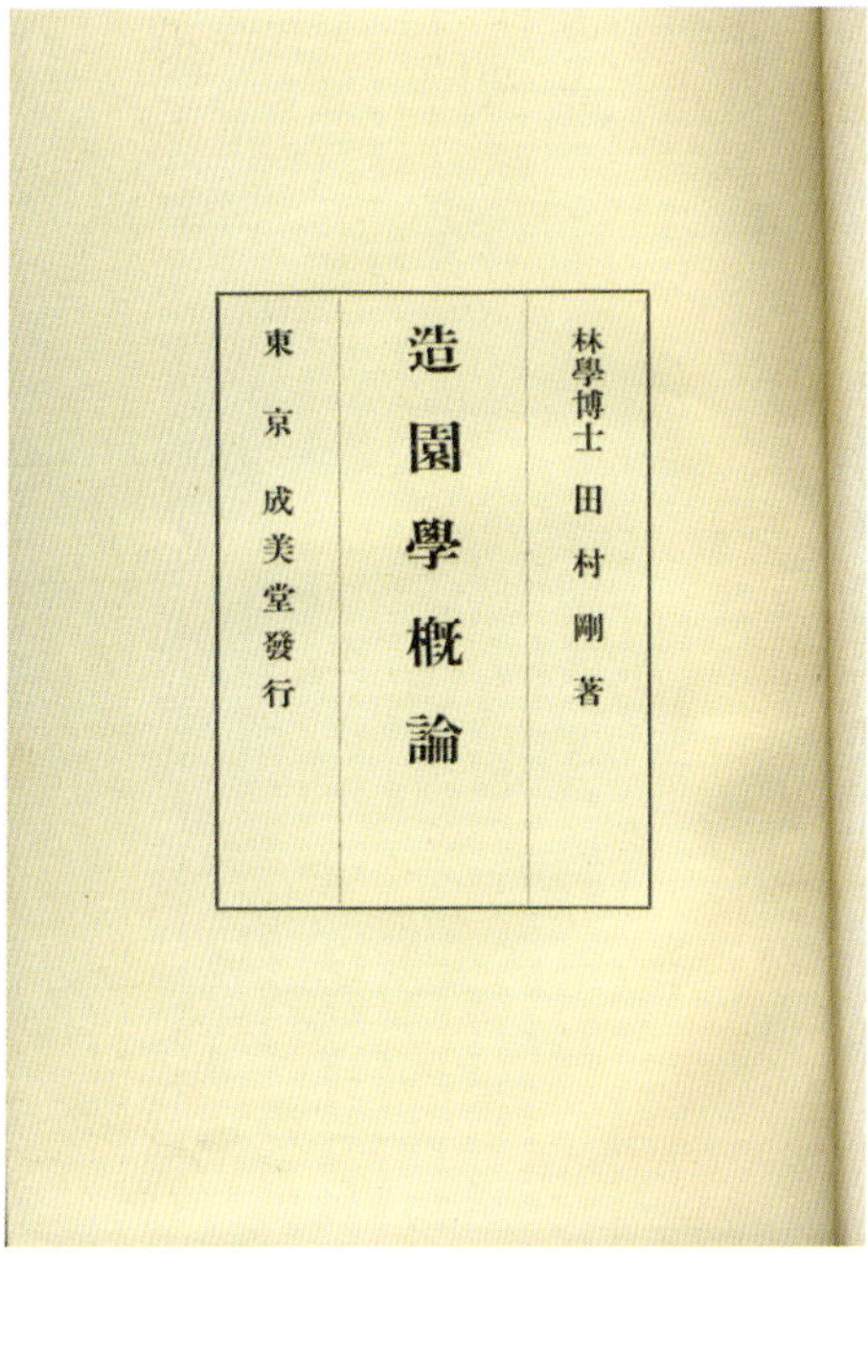

田村剛著『造園学概論』扉

弥助橋

桜に弥助橋という土橋がありました。なんでも弥助という人がいて、酒に酔って橋から落ちてけがをしたということから、弥助橋という名前が付けられたように聞いています。

その弥助橋が壊れかかったので、部落の人たちが相談をして橋の掛替え工事をすることになりました。その日は私も人足として出ましたが、宮沢先生も出ておりました。部落では、指図をする人や、木を切ったりする人、その外は土方と役割が決まっているようなものでした。又、主な地主さんへ行ってお酒やお金など貰ってくる役もあり、宮右には誰々、和右ヱ門には誰々と分担を相談していますと、先生は「私の家には行かないで下さい」と言われました。みんなはどういうわけでそういうことをおっしゃるのかわからないので妙な顔をしていますと、先生は「私は酒を出さないかわりそこにある木を寄付しますから」といわれましたので、はじめてそのわけがわかりました。

木というのは、すぐ橋のそばに生えている大きな杉の木のことでした。土橋の材料には勿体ないくらい立派な木でしたが、ありがたく頂戴

弥助橋のかかっていた沢

することにしました。それから、木を伐り倒し材料にして、予定の工事を完了しました。先生はしばらくの間その橋を眺めていましたが満足そうな様子でした。

工事が終わったので伊藤熊蔵さん(克己の父)の家に寄り集まって、完成の祝酒を飲むことになりました。先生もその席に加わりました。先生はお酒はお飲みになりませんでしたが、みんなとうちとけた様子で楽しく話されました。

だんだん酒がまわってくると、すっかり酔ってしまう人も出て、座は騒然となりましたが、先生はそれを見て、「こういうことも仲々いいものですね」と嬉しそうでした。

饗宴　　六、九、三、

酸つぱい胡瓜をぱくぱく嚙んで
みんなは酒を飲んでゐる
……土橋は曇りの午前にできて
　いまうら青い榾のけむりは
　　稲いちめんに這ひかゝり
　　そのせきぶちの杉や楢には
　　　雨がどしやどしや注いでゐる……
みんなは地主や賦役に出ない人たちから
集めた酒を飲んでゐる
……われにもあらず
　ぼんやり稲の種類を云ふ
　こゝは天山北路であるか……
さつきの十ぺん
あの赤砂利をかつがせられた
顔のむくんだ弱さうな子が
みんなのうしろの板の間で
座つて素麺《むぎ》をたべてゐる
　（紫雲英《ハナコ》植れば米とれるてが
　　藁ばりとつたとて間に合ぁなじや）
こどもはむぎを食ふのをやめて
ちらつとこつちをぬすみみる

弥助橋を架け替えた際に書かれた作品

火事の手伝い

桜の私の本家(伊藤仙太)が火災になったことがあります。翌日部落の人たちが多ぜい後片付けの手伝いに集まって来ました。みると先生もお出でになっておられます。火事場のあとは、焼残りの材料や、水に汚れたごみですからみんな手も体も顔まで真っ黒になってしまいました。先生も同じように黒くなってせっせと働いておられます。部落の人たちは、誰もかれも「先生、もういいですからおやめになってお帰り下さい」と言いました。又、「先生、あとは私たちでやりますから、どうぞお帰りになって下さい」とお願いのように言う人もありました。しかし先生は「私も部落のひとりです。みなさんと一緒に働かせて下さい」そう言って夕刻まで誰よりも一生懸命働き続けました。

あいさつ

先生はいつも忙しそうでした。やることがいっぱいあるのに時間が足りなくてやりきれない、というふうでした。道路を歩いていると、どうしても知っている人たちに会います。その人たちはたいてい先生から教わったり、お世話になっている人たちですから、会うと必ず日頃のお礼を申し上げるのです。私たちの地方では普通でも「こんにちは」というような簡単なあいさつはないのです。特に先生には心をこめてお礼を申し上げたいのです。しかし、先生からすると、あいさつは有難いのですけれども、長話をしている時間が惜しいのです。先生はよく本道を避けて、歩きにくい間道を走るようにして通っていたそうです。

私が先生と一緒に花壇作りをしている時など、ちょっと用事があって出かけようとしても、向こうのほうから誰かがやって来るのを見ると、すぐに戻って花を植えるようなそぶりをしたことも何べんか知っています。「今朝は、○○さんに会って天地開闢以来のあいさつをされたもなあ」などと言っていたこともありました。

雑談

先生がいると私たちは、まじめな顔をしていても先生がいなくなると遠慮などなくなり、大きな声で思いっきりふざけた話などしたものです。下根子村が花巻町に合併した頃のことで、下根子の役場がしばらく空家になりました。

ある晩数人の若い者がその役場に集まって例のとおりの無礼講で話し合いました。その時は夜ばいの話なども出てたいへんにぎやかでした。私もみんなと一緒になり楽しく話して帰りました。

二三日して先生のところへ行きましたら、先生はあの晩のことを詳しく知っておられました。私はもう恥ずかしくて、恥ずかしくて困ってしまいましたが、先生は、「若い時は、ああいう話はよいものだ、気にすることはない」といわれました。それにしても、先生がどこで私たちの話を聞かれたのか不思議でなりません。あるいは私たちが大声で話合っている時、そばの道路でも通られたのでしょうか。

先生の前ではどんな話をしてもいやな顔をなさいませんでしたが、ただ、小作争議などの話は好まなかったようです。なんでも当時、先生が警察から目をつけられているといううわさもありました。

花巻農学校の生徒がストライキをやろうとして動いた時も「私は、みんなの味方になって、みんなを励ましてやらなければならないと思うが、今はそんなことをするべき時ではない。よく世の中の様子を見て動け」と言われた、ということを後になってから聞きました。

郵便配達をしていた佐々木啓一という人がいました。別荘の集りには来ない人でしたが、「いいことをきいてきた。あのな、宮沢先生はな、町をつぶしてしまおうとしているだそうだぞ」といって先生の評判を聞かせてくれたことがあります。私はすぐ先生のところへ行き、この事を話しました。先生は別に驚いたふうもなく、「その評判どおりに思って差し支えありません」といわれましたので、私はわけがわからずただびっくりするばかりでした。

芝居

先生はときどき芝居の話をされました。農学校では、先生の指導で劇をやっているということを克己君から聞いていましたので私なども仲間になってやってみたいと思ったものでした。

「雷の音はな、砲丸を床にゴロゴロ転がすのさ、そうすると、雷みたいな感じの音になるんだ」などと聞かされるとますます興味がわいてきたものです。

ある日、先生は「芝居は自分で作ってやるのが一番よいのです。与蔵さんもぜひ書いてみなさい」と言われました。その時は忠一君と一緒でしたが、どんなことが芝居の種になるのか、どんなふうに書けばよいのか見当もつきません。

今夜はこれから夜水の番(番割りで水田に水を引く夜の当番のこと)にも行かなければならない、などと考えながら二人で別荘を出ました。この前の夜水のことを思い出して、

「この前の夜水でな、慶太郎とけんかになってさ」「よく殺されなかったな」と二人で話しているのを先生が聞かれて

「それが芝居になるのだ、おもしろい芝居ができるぞ」と言われました。私には芝居は書けませんでした。

ナガラベット

私の生家の屋敷は古いところでしたので非常に広くて、庭木などがたくさんありました。菊は何十種類もあり、その外いろいろな花も植えていました。ある時先生から、グラジオラスを植えてみませんかとすすめられました。グラジオラスというのはどんな花ですかと聞き返しましたら、ナガラベット(＊1)のことだということがわかりました。それならうちの庭にもたくさんありましたし、あまり気乗りがしませんでしたが、せっかくすすめられるものですから植えてみることにしました。

夏がやって来て、新しく植えたグラジオラスが次から次へと咲き始めました。花は赤、白、黄、紫と全く色とりどりのきれいな花なのです。うちにあるナガラベットとはあまりにも違う花なのでびっくりしました。グラジオラスは忽ち近所の評判になり、わざわざ見に来る人もたくさんありました。その花はたいてい近所の人に分けてやりました。

又、ある時、西瓜を作ってみたらどうですか。と言われたことがあります。大和西瓜(＊2)という品種でした。その年は

ワサビ作りに使われた田の跡の水路

みごとな西瓜になりましたが、町に売りに行くのが恥ずかしいので、姉にたのんで売ってもらったことがあります。姉は一つ六〇銭で売れたよ、と言って喜んで帰って来ました。

伊藤克己君は、先生からわさび作り(＊3)を教わり、わさび漬を作って売りました。先生はチューリップとヒヤシンスをやりました。

＊1 ナガラベットは、地元の俗名でグラジオラスの呼び名。
＊2 奈良の巽権次郎の「権次西瓜」と外来の「アイスクリーム」種とが自然交配して、大正初期に「大和西瓜」が誕生し、さらに品種改良の後、昭和初期に栽培のピークを迎えた。
＊3 伊藤克己さんは桜町三丁目にある滝清水神社の清水を利用してわさびづくりをした。

長髪

先生の写真がよく本に出ていますが、どうも先生の本当の面影があらわれていないような気がして残念です。先生はいつも髪は短く刈っていましたが、髪を長くしたこともあったようです。羅須地人協会の集りの時でした。

根子義盛君が床屋に行ってきたばかりの先生の頭を見て、「先生は髪を切ってしまわれたのですか」と言ったことがあります。その時私たちは先生は長髪の方が似合います。といろいろ進言しました。長く伸ばした髪をすっぱりと切ってしまわれた時ではなかったかと思います。

「髪を伸ばしてもいいが、床屋に行った時、時間がかかってしょうがない。宮沢町の床屋では坊主刈りが早くて済むからこれが一番良い」と話していました。宮沢町(＊)の床屋というのは、女の人がやっている床屋で長髪をあまり手がけなかったようです。

先生はいつもこの床屋で散髪しておられたようです。

＊　原文は宮沢町となっているが、賢治生家のある豊沢町か。

伊藤与蔵さんの略歴

明治四十三年十月十九日　稗貫郡下根子村桜に生まれる
大正　十四年三月　花城尋常高等小学校高等科卒業
以後生家の農業に従事する。この間に羅須地人協会の会員となり、宮沢賢治先生の指導を受けた。
昭和　六年一月　弘前歩兵第三十一聯隊に入隊し引き続き満州事変に従軍する。
昭和　九年　釜石製鉄所に勤務
昭和　十二年十月　日支事変に応召、召集解除、再召集を経て
昭和　二十年九月　帰還
昭和　四十年十二月　釜石製鉄所年満退職
現在、釜石市水道事業所勤務
堀尾青史著　宮沢賢治伝　二一二ページ参照
筑摩書房刊　宮沢賢治全集　一一巻三四八ページ参照

若き日の伊藤与蔵さん

桜の宮沢賢治

大正十五年（一九二六）三〇歳
　四月、桜に独居生活はじめる
　七月、羅須地人協会を設立講義をはじめる
　八月、肥料相談所を設け稲作指導を行う
　十二月、上京してエスペラント語、オルガン、セロ、タイプライターなどを習う
昭和　二年（一九二七）三一歳
　四月、花巻温泉つるくさ花壇の設計
昭和　三年（一九二八）三二歳
　六月、伊豆大島に旅行
　八月、稲作不良を心配して風雨の中を奔走して肋膜炎にかかり父母の元に帰り病臥する。賢治桜の生活は二年と五ケ月であった。

ここまで「聞書」昭和四十七年（一九七二）八月十一日版

再び

宮沢賢治先生の桜の生活の二年半は先生の生涯の中で、最も崇高な生活だったと思います。

私は伊藤与蔵さんから先生のお話をお聞きする中で、先生がどのようなお考えで、桜の生活を始められたのか、その真意に触れてみたいと思う気持ちを持ちましたが、なかなか難しいことでした。

又、先生の思想の根底にある農民像をどのようにとらえておられたのか具体的に知りたいとも思いましたが、やはり深く入れないでしまったという感じがします。しかし、伊藤与蔵さんの話は今まで発表されていない事柄が多いだけに、先生の日常生活の様子をお聞きすることによって、幾分でも深く先生を理解することができるのではないかと思って聞き書き（第二集）をまとめてみました。賢治研究者の方々の参考になれば幸いと思っております。

昭和四十七年、十月一日。

菊池　正

どぶろく

先生は酒は少しもお飲みになりませんでしたが、農民の生活には是非必要であると考えられていたようでした。日々のはげしい労働の代償となるものは当時は何もなかったのです。酒でも飲んでゆっくりとくつろげる生活が欲しいと思ったのだと思います。

当時、酒の値段は一升八〇銭（*）だったと記憶しています。もっとも安い酒だったと思います。しかし一日の手間賃は男で五〇銭ぐらいでしたから、一日働いて一升の酒を買うことが出来ないといった状態だったわけです。農村は極度に疲弊していたために現金収入の道はなく、困ったものでした。どぶろくは酒税法で厳禁になっていたものですから密造は許されません。密造を発見されると罰金刑となるわけですが、罰金を払えないと実刑の刑罰が課せられるのです。それでも農民は耐えかねて密造をするのでした。

先生はこのどぶろくを各家庭で自由に製造できるようになると、よっぽど楽しみが増し、共同作業やお祭りなども自分たちのものになると考えられたと思います。とかく先生は濁酒の製造を許可したほうが良いという意見でした。

いつか国分謙吉氏（終戦直後の初の民選知事）と話合った時、国分氏も大いに賛成されたとお聞きしました。国分氏とはその他のことでも大分意気投合されたようでした。

その頃私はこんなことを考えたことがあります。当時農民は金がないので、必要な肥料も買えないという事情に対し、政府ではもう少し生産政策というものを考えるべきである。私たち農民は、国民の大事な食料の生産という仕事を担当しているのであるが、今先生の指導どおり施肥をすれば、収穫が増収するということが明らかなのであるから、農民に対し政府では肥料を無料で配給し生産を高めることこそ良策である。

先生にこのことをお話しましたが、あまり賛成はして下さいませんでした。

＊　当時百姓の手間は男で三十銭から五十銭ぐらいで、農閑期など米一升でよいから働かして下さいという状態であった。米一升は約二十銭ぐらいであった。

自慢の稲作

「今日更木に行こうと思いますが行きませんか」と先生から誘われたことがあります。勿論私は喜んで行きました。

その時は伊藤忠一君も一緒で三人で行きました。

更木という所は、北上川の川向いの村で、方向は南東にあたります。五キロぐらいもあるでしょうか、北上川の渡しを利用して行くところなのです。その日は朝日橋を渡り、まわり道をして行ったと思っています。

道々先生のおっしゃるには、北上川の西と東では土質がだいぶちがっていて、西の方はどうしても東のように良い作物が出来ないということでした。そのわけもお話しなさいましたが、アルミニウムがどうの、石灰がどうのといったように覚えていますがはっきりしません。それに比べると東の方は土質が良く作物の成育も見違えるようだとのことでした。

私たちは更木に着くとまっすぐに、先生の指導で肥料を施した水田に行きました。九月中旬頃だったと思います。よく晴れた日でした。見渡すかぎりの稲田の中で、先生の指導された稲だけがはっきりと目立って重々しい穂をもっているのです。株は何十本にも分けつして、穂の大きさも違うのです。

先生の指導を受けたおばあさんは、(当時私にはそう見えましたがそう年をとった方ではなかったと思います)「こんなに稔った稲を見ると、私は今までの苦しみなどすっかり忘れてしまって、米作りの楽しい気持ちだけが心の底から沸いてきます」そう言って、真から嬉しそうな表情をしました。その時のおばあさんのよろこびの表情を私はいつまでも忘れることが出来ません。先生も嬉しそうでした。先生の本当のよろこびがここにあるんだと思いました。

お昼には大きな西瓜をご馳走になりました。先生はめったによそでご馳走などなる方ではありませんが、その時は、「せっかくですからみんなでいただきましょう」と言ってまっ先に西瓜に手をつけられました。私たちもいただきました。帰りに先生は、

「今日は、けら(*)を着てくればよかった」と言われました。私は、「けらは雨の降る時着るものですよ」と言うと、

「あのけらを着て、肩をいからして歩くと本当の百姓になったような気分になる」と言われました。

「忠一君、忠一君、うるいとか、しどけというもの知っていますか」と先生は聞かれました。私は知っていましたが忠一君は知らなかったようでした。先生は、わらびの他にもいろいろ食べられる山菜のあることを話されました。

少したってから「忠一君、さっき私の言った山菜の名前を覚えていますか」と聞きます。忠一君はすっかり忘れて思い出そうとしてもなかなか頭に浮かんでこない様子です。「うるいと、しどけだよ」と言われます。何べんかこんな話をしながら歩いて来ると、道路のそばにある胡桃の木にからまって生えているつる草を指して、

うるい（ギボウシ）

しどけ（モミジガサ）

わらび

「あれがビールに味をつけるホップというものです」と教えてくれたりしました。そしてビールの作り方について説明されました。

＊　岩手の方言で、螻蛄《けら》蓑《みの》の一種。背中当て。

肥料

先生は肥料の使い方について、化学肥料だけ使うことは良くないことだと話されていました。化学肥料ばかり使用していると、結果的には地力をなくしてしまうことになります。化学肥料と共に堆肥や厩肥を十分やらなければならぬことを力説されました。当時としては、化学肥料を存分に使えるような状態ではなかったのですが、その弊害についても話されたのです。下肥はきたないですけれども大事です、といわれました。硫安の代わりに下肥を使う場合の注意として、有効成分三貫以上絶対に使用しないことや、魚粕、骨粉のかわりに堆肥や厩肥の使い方、冬おこしの方法や効用など具体的にわかり易く話されました。

「反当たり何貫といわれても、ちょっと見当がつきませんが、見当をつける方法はありませんでしょうか」と質問したことがあります。先生はしばらく考えていましたが、そばにあったチョークを小刀でけずり粉にして、紙の上にパラパラとまきました。

「三貫の量はだいたいこの位です」といって肥料の量を実物で示されたことがあります。又、施肥の方法も、最初うす目に縦にまいて、次に横にまいていくということや、肥料のかたまりをそのままにしておくと、いもちの原因になるということなど、詳しく説明されたことを思い出します。

肥料を施す場合は耕地の面積を正確に知っていなければなりません。測量の方法を先生に聞きましたら、郡役所から平板測量機械を借りてきて、測量の仕方を教わりました。

「郡役所に行って私の名前を言えば貸してくれますから、あとは一人で測量して下さい」といわれましたので、私は忠一君と二人で機械を借りに行きました。そうして正確な面積を算出して肥料をやりましたから私たちは一度も失敗したことはありません。その頃私たちは反当たり二石二、三斗の実収が普通だったと思います。先生の肥料指導で反当たり四石位までも増収ができたのですから、米作りの楽しさというものが湧いてきたわけです。

そういう先生の指導も、最初は疑いの目をもって見られたものです。伊藤清君の水田に初めて先生の指導で肥料を施した時は、窒素過多のように、稲が青黒くなって伸びはじめたので心配しました。丁度苗代に植えた苗のように株が太くなりましたので、蔭では「農学校の先生だなんていったって、あれでは米も何も穫れたものではない。秋には倒伏してしまうから見てみろ」と囁かれたものです。

その年は天候もよくなかったと記憶しています。伊藤清君もそんな様子を眺めながら、今年は大失敗をしてしまったようだ、とつぶやいていました。

いよいよ収穫の秋になりました。普通の稲なら倒れてしまう筈なのに倒れません。三、四十本に分けつした株は、どれもぎっしりとした穂をつけて重く垂れ下がりました。蔭でささやいた人たちも、先生の腕前に心から感嘆したものです。心配した伊藤清君も、満面に笑みをたたえてさも嬉しそうでした。

楽団

先生は、私たちでオーケストラをやろう、と言われました。私たちはどんなことをするのか全然見当もつきませんでしたが、先生の話では、それぞれ楽器を受け持って練習をして、いろいろな曲を演奏するのだというのです。楽器は先生が工夫して見つけてくると言うので、経費の負担は無いということでした。どんなことになるのかわかりませんでしたが、別に金がかかるわけでもなければ良いだろうと思って私は賛成をしました。

先生はどこでどう手に入れたか分かりませんが、バイオリンやクラリネットやフルートを揃えてこられました。私は最初バイオリンをやりました。指導者は肉屋の木村清さんでした。木村清さんは音楽会等に出てバイオリンを弾いたりもしましたので、花巻では相当に上手な方だったと思います。私たちは日を決めて、一週間に一、二回仕事が終わってから木村さんのところへ出かけました。私は小学校で楽譜を勉強したことがありませんでしたので大変苦労をしました。教本はホーマンの巻一でした。

それから何日か練習しましたが、さっぱり上達をしませんでした。少したってから、「与蔵さんはクラリネットをやって見なさい」と言われ、クラリネットを渡されました。その時のクラリネットは質流れの品ではなかったでしょうか、だいぶ使い古されたもののようでした。それからフルートは伊藤忠一君と決まりました。メンバーは

第一バイオリン　伊藤克己君
第二バイオリン　伊藤清君
〃　高橋慶吾君
フルート　伊藤忠一君
クラリネット　伊藤与蔵君

先生はセロとオルガンでした。

ドレミファを覚えるのさえやっとでした。ところが練習にさっぱり出て来ない人もあったり、練習をしても思

羅須地人協会にあるオルガン

うようにいかないものでした。そのうちどうにか形ができてきましたので、太湖船をやることになりました。

ミソミレミ、ソミレミ、ミソミレド、レミソレと何べんやったか知れません。あきると、先生の作詩された、種山ケ原のうたなどをやりました。

私は横笛を一人で習ったことがあります。山から大名竹の手ごろなやつを切り取って来て笛を作り、それで吉原などを吹けるようになっていましたから、忠一君のフルートを借りて練習をしたものです。しかし日本の笛と違って指の使い方も難しく、上達しませんでした。伊藤忠一君は自分で新しいフルートを買いましたが、それでも駄目でした。

みんなは途中で投げ出したようなかたちになりました。

最初の演奏会をやろうという勢いもなくなりとうとう中止になりました。先生のオルガンだけは上手になり伴奏などもつけて、ひけるようになりました。たぶん高瀬露子さんに習ったのだろうとみんなで話していました。

私もバイオリンを買いましたが、満州事変から帰って間もなく友だちに十円で売ってしまいました。

太湖船（中国民謡）

山青水明幽靜靜（山青水明かすかに静静たり）

湖心飄來風一陣（湖心にひるがえり来たる風一陣）

呀行呀行呀進呀進（行けや行け、進めや進め）

高瀬露子さん

高瀬さんが別荘に来ていたとき、一度だけお目にかかったことがあります。

伊藤忠一君と二人で、いつものような気持ちで先生のところへ遊びに行きました。「先生」と庭で大きな声で呼びましたら、知らない女の人が井戸のそばにいて、「先生はお休みになっておられますから静かにして下さい」ときつい調子で注意を受けました。私は先生とどんな関係の人か知りませんでしたが、忠一君は、私に「先生の大事な人なんだろうから、静かに帰ろう」といいましたので、私たち二人は家に帰りました。その時の女の人のそ振りは、先生の奥さんでもあるかのような様子にうけとられました。あとで伊藤忠一君から、高瀬露子さんという人だと教えられました。

ある夜、高瀬露子さんがおかあさんと二人で提灯をさげて別荘の方に行くのに会ったことがあります。提灯には「高瀬」と書いてありましたし、見たところ確かに露子さんでした。

私たちは先生に高瀬さんのことを聞いたこともありませんし、勿論先生から話されたことはありませんので、そのほかのことについてはよくわかりません。

カーキ色の作業服

先生はいつもきまったように、カーキ色の作業服を着ておられました。そして夏はい草の帽子をかぶって出かけられました。歩く時は少し前かがみにうつむきかげんに歩かれました。

私の近くに高橋慶吾君という人がいました。私より五つぐらい年上でしたから当時二十一、二歳だったと思います。農学校を卒えた人で学校では宮沢先生に教わった筈です。

彼はよく宮沢先生の真似をしたりする人で、先生の着ているようなカーキ色の作業衣を買って着ていました。又、い草の帽子も買ってかむりました。そして少しうつむき加減にして歩いたりしました。宮沢先生がお出でになったと思っていると高橋君だったりすることもありました。

「なあんだ、先生だと思ったじゃ」というと、彼はさも得意そうでした。当時私たちにとってはそれ程迄あこがれのまとでもあったわけです。

ある時、高橋君は例のカーキ色の作業服を着て別荘にやって来ました。見ると襟元に少しばかり、ヨーチンがついていました。これは、当時先生が、襟にヨーチンのついた作業服を着ておられました。高橋君はその真似をして、自分の作業服にわざとヨーチンを塗って得意になっていたのです。

先生はそれを見て、いやな顔をなされ「そんなことはやめなさい」と注意をされました。

落選

父親の政次郎さんが町会議員の選挙で落選したことがあります。先生は、「私はおやじの七光りだ、とみんなから言われます。宮沢家ということで特別な目で見られることはいやなことだ」と言っていましたが、父親が落選した時は「私がこんなに努力しても、親の選挙の役に立つことはできないものですね」としみじみと言われたことがあります。

先生は、口ぐせのように親は大切にしなければならぬものだといっていました。主義や思想がどんなに違っていても、先生の親に対する気持ちはそういうものを乗り越えて親密なものがあったように思われます。「お前は勝手にしろ」とか「家を出ていけ」とか一度も言われたことはないと思います。政次郎さんが落選した時は、本当に落胆していたようでした。

桜の別荘は北上川の沿岸だが、さらに有名な「イギリス海岸」も近い。ここで賢治は、化石など岩石の授業をした。

先生が桜の別荘でひとり暮らすようになってから、両親の方々がどんなに心配したか知れません。ことにもお母さんは、どんなものを着ているだろうか、どんなものを食べているだろうかと、先生のことを知っている人に会うと詳しく尋ね、粗末な食事をとっていると聞くと、体が心配だといって、何かを届けようとしました。しかし、先生は、うちからの援助を好まなかったようです。うちから持ってきた物も受け取らないで返したことさえあると聞きました。

熊谷啓助という人がおりました。選挙の時は政次郎派ではなかったように聞いていますが、お母さんのイチさんと同級生の関係で、宮沢家とはよく出入りしていたようでした。郡長さんをやった人だとも聞きました。お母さんは先生の一人暮らしを心配して、なんとかして家へ帰るように話して下さいと、熊谷さんにいつも頼んでいるということを聞きました。熊谷さんは先生へ親の意向を伝えても先生ははっきりとことわったと聞きました。

政次郎さんが私の所へわざわざお寄りになって、「これは浜の方から送られたものですが召上がってください」といってお魚などをいただいた事もあります。親はいつも子のことを心配し、子は親を考えている美わしい親子関係であったと私は思っています。

笹小屋

その頃、私は将来のことについて、身の振り方を決めなければならないとあせっていました。それで先生に、私にはどんな仕事がいいでしょうか、と何べんか相談をしました。先生は百姓ということを前提に何事も考えられていたようでした。それで百姓以外の事はあまりおっしゃいませんでした。

私は農家の四男です。出来るだけ早い時期に定職を決めて独立したいと考えていました。それで、いつまでも親父の家にいるわけのもいかないし、と話しますと、

「そんなら、笹小屋でも建てて独立したらどうですか。ここらへんの材料をあげましょう。私と二人で長木を伐り縄でしばり、笹の葉で屋根を葺けば一人ぐらいは住める家ができますよ。妻を持ったり、子どもがあったりするから生活が大げさになるのです。男一人暮らすに、そんなに心配しなくてもいいです」と言われました。

私は妻もあり、子供もある人並みの生活がしたいと考えていましたので、先生からそんなふうに言われると、あとは話が続きませんでした。

私は鉄道工夫の仕事を頼まれて働いたことがありました。

「今日は一日中鉄道のツルハシ振りをやってきました」などと先生に知らせますと、「鉄道はいい仕事だ。鉄道は普通の人は歩いてはいけないことになっています。工夫の人だけは威張って歩くことが出来ます」と冗談を言

われたことがあります。

先生は、農業技術を科学的に改善して、楽しい生活が出来るように考えていたようでした。その反面、怠けても給料をもらえる月給取りはきらっているようでした。そういう関係もあってか、給料取りは積極的には勧められなかったと思っています。

別荘の先生

私はよく先生のところへ遊びに行きました。私一人のこともありましたが、忠一君と二人で行ったことのほうが多かったようです。

外から「先生」、と大きな声で叫びますと、「入って下さい」と先生の声が返ってきました。先生は二階にいて、机でお仕事をなさっていたことが多いようでしたが、「今ちょっと忙しい仕事をしているから」とか「今日は疲れているから」などと、一度も言われたことがないような気がします。入り口の大きな戸を開けて入り、階段を昇って二階へ上がると、先生は机の上の物をちゃんと整理して私たちを待っておられました。私たちはその頃、度々訪問することがどんな迷惑になるだろうかなど少しも考えたことはありません。それなのに先生はいつでも快く迎えて下さいました。

いつか私は、夕食を済ませて間もなく一人で別荘へ出かけて行ったことがあります。

「今日は少し早く来ましたね」と言われました。先生はまだ夕飯前だったのです。

「私はこれから夕飯にしますから一緒に食べましょう」と言われました。私は今、食べてきたばかりです。というと、いや、つき合いということもあるんですから食べましょうとすすめられました。私はことわりきれず夕飯をご馳走になることに腹をきめました。出された夕飯というのはご飯だけだったような気がしますが、はっきりしません。私はその時、ご飯の中の小石をカチッと噛んでしまいました。先生は、それを察して紙を下さいましたが、私は小石のかけらを一つ二つ飲んだってたいしたことはあるまいと思って飲んでしまいました。先生の食事はまことに粗末なものでした。

先生は何日分ものご飯を一度に炊いても、それに酢をまぶしておくと、四、五日は大丈夫腐らないものだと話されました。先生は、どうしてこんな無理をなさるのだろうかと不思議でなりませんでした。

私が、果物などを持って行くと、「忠一君も呼びましょう」と言って、自分一人だけでなくみんなで楽しく食べるようになさいました。

童話

先生が暇な時には、自作の童話を話して下さいました。

「注文の多い料理店」というのがありました。

山の中の料理店に入った都会の者が、持っている大事な物を次々に取り上げられて、しまいには体までも食べられてしまいそうになる様子は、ちょうど持ち金全部取り上げられ、財産までも売るような当時の遊び人を風刺した物語だと思って聞きました。

「ロザーロという名前はどんな感じがしますか」などと聞かれたりもしました。どんな答えをしたのか覚えていません。白つめ草の話として話された中に出てくる人の名前でした。

バナナン大将の話や、腹いっぱい食べて、とうとう、おなかが破裂してしまった話など聞いたものです。

先生は、私たちに、何でもいいから感じたことを書いてみなさい、と言われました。私は一生懸命考えて、詩のようなものを書いて先生に見ていただいたことがあります。先生は「これでいいんだ、これでいいんだ」と言われましたが、特別ほめられたわけでもなく、それ以上のことはなにもありませんでしたので、一、二回でそれも終わってしまいました。

　私は、体は大きくなかったのですが、割合力のあるほうでしたので、その頃四斗俵も自由に持ち上げられるというふうでしたから、

「与蔵さんはうらやましい、あなたは力も強いし、労働力があるから、あなたのような人は、どんなところへ行っても生活に困るようなことはないでしょう」とよく言われたものです。

杜陵書院発行（一九四七年版）

別荘の跡

　私は、今年のお盆に、久しぶりに桜の実家に帰り、そのついでに別荘の跡を見て来ました。

　別荘の入口に先生と二人で植えたギンドロ(*)は、見上げるような大木になって空に聳え、風に葉をひるがえしてきらきら光っていました。

「ここらへんがよいでしょうか」

「もう少しこっちの方へよせた方がよい」

などと話合いながら小指ほどの苗木を植えた当時のこと、懐かしく思い出しました。考えてみればあれから四十

協会メンバーの高橋慶吾氏が経営した「遺墨の店」の看板、花巻出身の伊藤博美氏のご好意で「館」に寄贈された。

賢治と与蔵さんが植えたギンドロ

数年が過ぎています。

今では近所にあった農家も大部分が改築され、新しい建材の色が目にしみるように感ぜられます。親しかった伊藤忠一君も今はもうこの世には生きておりません。

別荘の跡には、賢治碑が建ってはいますが、その外は何もなく、庭に立って東の方を眺めても、桜や杉の木が大きくなって見通しがきかず、北上川の流れもよく見えませんでした。毎年のようにこの場所で賢治祭が行われ、県下はもとより、全国からたくさんの方々が集まって来るそうですが、帰りにはりんご園のりんごをもぎ取っていったりする人もあり、近所の人たちは大変迷惑をしているということを聞きました。昔を思い浮かべ、現在の様子を聞いて、私は淋しい気持ちで庭に立ちつくしました。

私は宮沢先生にはことの外親しくしていただき、又いろいろなことを数えきれない程たくさん教わりました。しかし、今になって考えてみると、宮沢先生という方は特別な方で、私たちは、とうてい真似の出来ない方だったと思っています。

＊　花巻地方では、「賢治の木」と呼ばれ、楊科の一種で高く成長する。

別荘付近略図

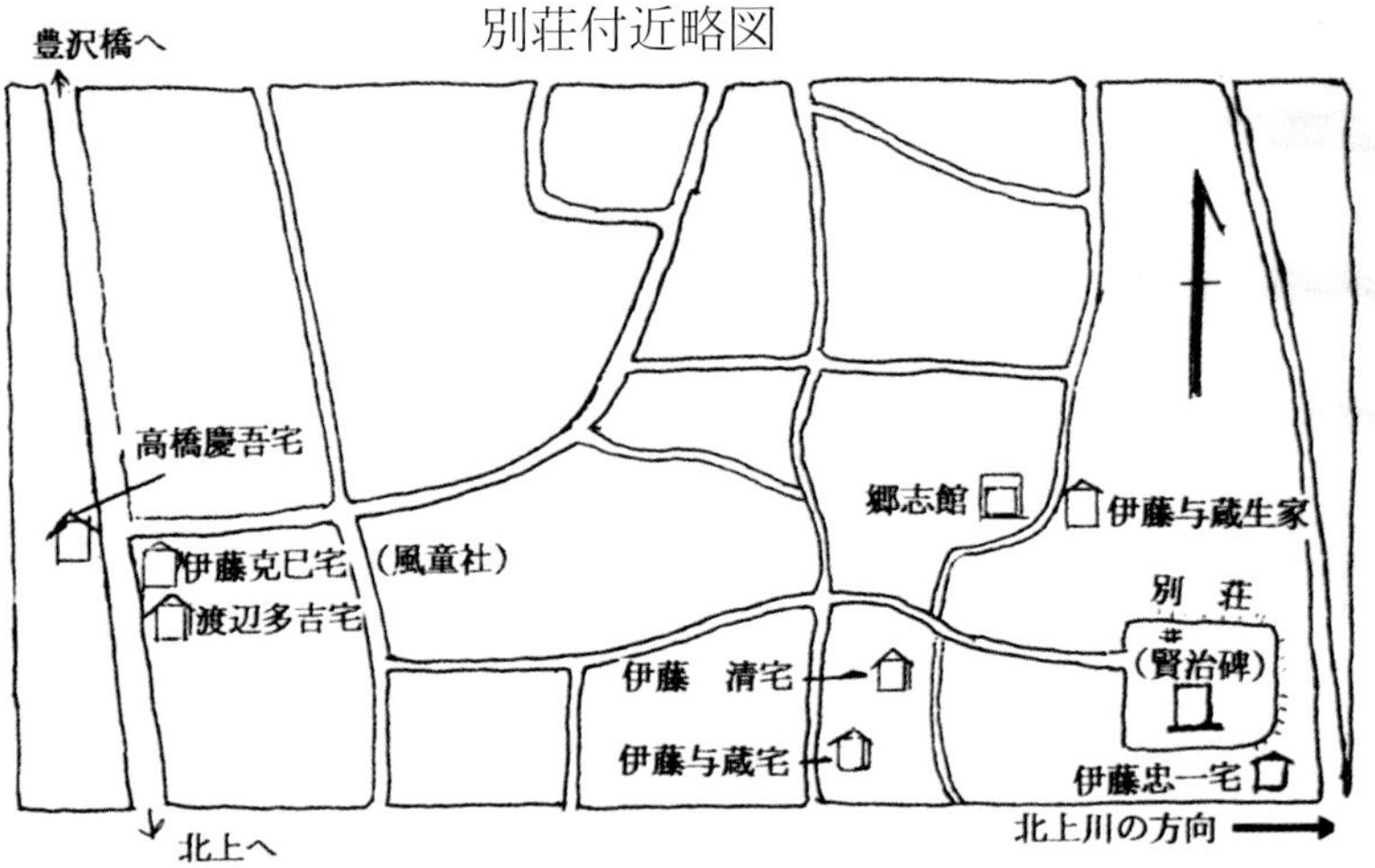

文中に出てくる人々

氏名、	当時の年齢	職業と昭和四七年時点の年齢
伊藤忠一	十八	農業自営　昭和四十四年桜にて死去
伊藤克己	十六	染物店（石神）に勤務　風童社（賢治土産店）主人　六一歳
伊藤清	二十	農業自営　桜町にて農業　六五歳
高橋慶吾	二二	消費組合勤務　桜町にて賢治遺墨店経営　六七歳
木村清	三十位	肉屋　豊沢町
渡辺多助	三五位	醤油醸造店勤務
宮沢政次郎	五三	古着より金物店にかえる　昭和三十二年八十三歳で死去
宮沢イチ	五十	昭和三十八年八十六歳で死去
宮沢善治	七四	荒物屋　昭和十四年八十六歳で死去　賢治の祖父

編者あとがき

二〇〇六年夏、協力者の吉田矩彦氏のご尊父、吉田六太郎氏が所蔵する「聞書」に目を通す機会に恵まれた。一読して、賢治の「農民芸術概論」、とくにW・モリスからの影響や羅須地人協会の活動が直截に、かつ生き生きと語られていたことに強い衝撃と感動を覚えた。早速、一書にまとめ公刊する依頼の手紙を菊池正氏に書き送った。菊池氏からは「少しでもお役にたたせて頂けるものでしたら、御利用なさって結構でございます。宜しくお願い申し上げます」と快諾のご返事を頂いた。

その後、海老名市のお宅にご挨拶に伺った折、編者からの若干の質問にお答え頂くようお願いした。ただ、ご高齢のため、ご子息の菊池正樹氏のご協力をえて、以下のようなご返事だったので、ここに付記させて頂く。

(1)「聞書」作成の目的は何か。

当初(昭和四十七年頃)は、賢治作品が小中学校の教科書に載り、郷土出身者であるということを含めて大きな話題になった。学校内では賢治研究会のような機関もなく教師自身の意欲を高めようと、さいわい学校の近所に住んでいる伊藤与蔵さんから話を聞いたことをまとめてみた。

(2)何部作り、どんな人に配布したか。

三〇部を作り校内職員に渡した。残部は友人に渡した。

(3)どんな反響があったか。

賢治に対する意識が意外に低く、大した反響もなく、そのまま一つ一つと消えてしまった。

(4)伊藤与蔵さんの人柄、特徴。

賢治「聞書」を著した菊池正さんと筆者

伊藤与蔵さんは極めて控え目な人であり、当時の製鉄所員としてまじめに働いた人であると思っている。

特に賢治についての関心が深いわけでもなく、ただ生まれた場所が賢治の羅須地人協会に近く、青年時代を過ごし、賢治との交渉があったということだけである。賢治について研究するということもなく、作品をあまり読んでもいないようであった。生まれ育った場所が、羅須地人協会のごく近い場所であったというだけ。

伊藤与蔵さんは、一般釜鉄労働者と同じように、社宅団地に居住し、賢治ブームの世界で、賢治研究の中心になっていることはなかったようである。

賢治と近くに生まれ、青年期は色々と会合に参加した、というだけ。

（5）菊池正さんご自身の経歴

大正五年（一九一六）一月一日生

昭和一〇年（一九三五）岩手県師範学校卒業

その後、教員生活をして定年退職

宮沢賢治との関係は、昭和三、四年ごろ、賢治が「岩手日報」の文芸欄に投稿している頃から作品に目を通していた。

なお、「聞書」については、ガリ版刷りの原文を生かし、「てにをは」を直す程度の最小限の修正にとどめた。ただ、*の注は、読者の便宜のために編者が付け加えた。

第二章　「羅須地人協会」二世の座談会（司会　伊藤　利巳）

大内　仙台から来た大内でございます。私は十九世紀、イギリスのデザイナーで、思想家のウィリアム・モリスを研究しましたが、モリスの考えが賢治の「農民芸術概論」などの作品に、大きな影響を与えていると考えています。賢治は農民芸術をどう考えたらいいか、それを羅須地人協会の活動に生かそうとした、その際モリスを参考にした、と思うのです。そういうことを勉強しているうちに、去年、吉田さんから、「賢治聞書」のコピーを送ってもらいました。これは、菊池正さんという方が、伊藤与蔵さんから聞いた賢治にまつわる話をまとめたものです。昭和四十七年に、ガリ版で、三〇部くらい刷って出しているものです。当時、与蔵さんは軍隊から帰ってきて釜石の製鉄所につとめていた。その時、菊池正さんは、学校の先生で、近所に住んでいた。与蔵さんが羅須地人協会にいたことを知って、宮沢賢治のことを正しく伝えたいということでまとめたものです。この中にはきちんと、ウィリアム・モリスのことが書いてあります。

伊藤与蔵さん、伊藤忠一さんあたりが、羅須地人協会のなかで一番若い年齢だった。一六歳か一七歳。今で言えば、高校一年か二年、賢治は自分の生徒みたいに思っていたんでしょうね。

私はこの「賢治聞書」に、とても感銘を受けました。このまま埋もれさせては惜しいので、去年十二月に、「聞書」の作者の菊池正さんの神奈川県のお宅を訪ね、「本にしたい」と、話をしたら、「賢治研究に役立つのであれば」と快諾を得ました。

今日は、伊藤利巳さんのお骨折りで、皆さんに集まっていただきました。皆さん「賢治聞書」に縁のある方々で、お話をお聞きして一緒にまとめて本にしたらどうか、と思います。伊藤利巳さんとは、昨年岩手大学の「宮

（座談会参加者）

沢賢治研究センター」でご一緒しました。こういう会をもって下さる、ということでお願いしました。私は、この地域のこともよく知りませんので、伊藤さんに司会をお願いして、皆さんと話をしてみたいと思います。

伊藤利巳（司会）　本日の司会をします。伊藤克己の弟（男五人、女二人の四番目）です。吉田さんからも一言。

吉田　私は、花農に八年間在職していましたが、賢治のことをさっぱり勉強しなかったので、今日は勉強しようと記録係で参加しました。

司会　吉田先生のお父さんは「宮沢賢治の会」の前会長です。親子二代で賢治にかかわっています。

さて、「賢治第二世代」と言っても、賢治のナマのことを詳しく聞いたことはないかもしれませんが。家族から直接・間接に聞いたことなど、自由に話してもらいたいと思います。実際に賢治に直接会った人にも今日は参加してもらっています。鬼柳キヌさんにまず、キヌさんは賢治の姿を覚えていますね。

鬼柳キヌ　よく覚えてます。家の前を毎日毎日、前かがみで歩いていました。私のばあさんが、ネギをさくって（作って）いるところに来て、これどうするのだ、といってばあさんと話をしました。何か買い物をしてきてはお菓子や団子をばあさんに呉れていく。そういえば夜、真っ暗い道を五、六人の女友達と提灯もつけずにコーラスを歌いに行ったす。じいさんが、バイオリンをしに行った。バイオリンはキーキーいっていた。何を弾いているのかよく分からなかった。

司会　それでは、皆さんから少し聞いてみましょう。まず昌介さん。父は浅吉さんと言い弟さんが与蔵さんになります。

与蔵さんは釜石に住んでいたということですが。

昌介　ここから満州事変で兵隊に行って戻ってきた。これが賢治さんからもらった葉書の年賀状です。本物は記念館に寄付しています。与蔵さんは、支那事変から帰ってから釜石に行き製鉄所に務めました。近所に菊池正さんがいて校長先生をしていた。戦後賢治の「聞書」に協力したんですね。

伊藤利巳さん　　鬼柳キヌさん

司会　与蔵さんの「聞書」には、忠一さん、清さんなんかが出てきますね。

昌介　与蔵さんからは、賢治のことをほとんど聞いたことがありません。私の家に来ると「勉強しているか」というものだから、逃げてばかりいました。自分には子どもがなかったからか教育熱心でした。賢治先生を慕っていました。釜石から汽車で来れば、必ず賢治の生家の本宅に寄って賢治さんを拝んで来たと言っていました。今になれば、もっと聞いておけばよかったなと思うけれども、賢治といえば、特別な人

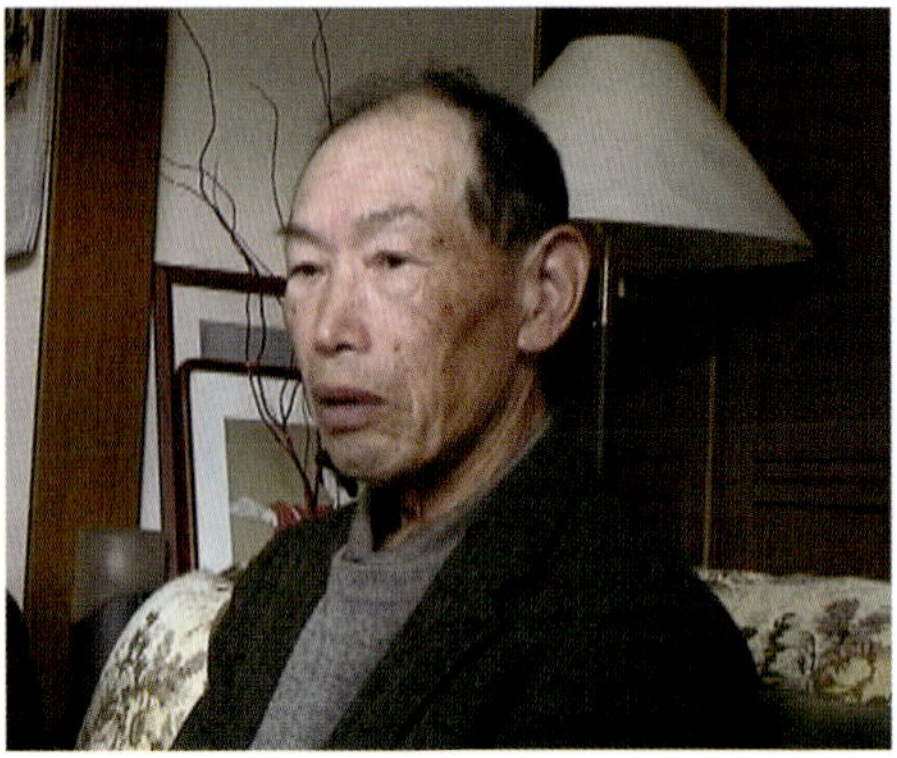

伊藤昌介さん

なんだけれども、当時は深く勉強しようという気持ちもなかったので残念な感じがします。

司会　与蔵さんの「聞書」には「農民芸術という学科もありましたが、それは大変難しくてよくわかりませんでした」とあり、確かにウイリアム・モリスの名前がはっきり出てきます。与蔵さんは賢治を尊敬して勉強していました。

大内　「聞書」にも年賀状のことが出てきます。「昭和八年の一月に先生から筆元のしっかりした年賀状を満州でいただきました。私は先生が元気になられただろうとばかり考えていましたので、国へ帰ったなら又先生からいろいろ指導をいただけると思って楽しみにしていましたが、帰った時はもうお亡くなりになったあとでした。」与蔵さんの気持ちが溢れていますね。

昌介　実家にはしょっちゅう帰ってましたが、賢治の碑にいくということはあんまりなかったような気がします。

大内　「聞書」の最後には、昭和四十七年でしょうか、久しぶり桜の実家に帰り別荘の跡をみてきたとして、昔、賢治先生と一緒に、ギンドロの苗を植えた。それが大きくなった。それを思い出して、感慨にふけるところで終わっています。

司会　ありがとうございました。次に、馨さんお願いします。伊藤盛さんの息子さんですが、盛さんは青年会の演芸会の時にはよくバナナン大将をやっているのを見たものですが、賢治のことについて、親父さんから聞いたことなど話してください。

伊藤馨（伊藤盛さんの息子）　特別に、賢治先生のことを話すオヤジではなかった。ただ、当時、我々は何の気もなく「イシバイ、イシバイ」(*)といっていた、本当は生石灰なんですが、なぜ、こういうものを撒くんだろうといったら、「酸性が強くて肥料が効かないから中和するために、イシバイを使う」と、これだけは教えられた。何年となく、そういうものを繰り返してきてから、ホウレンソウも作れるようになった。当時は作れなかった。他の野菜も作れるようになってきた。この地域の酸性土壌の中和ということをたどってみると、宮沢先生の何にも勝る功績だったと思いあたります。これはおやじは話さなかったが、私はそう思っている。子供の時は何を撒いているか分からなかったが今考えると先生の功績だと思います。

伊藤馨さん

* 石灰岩を砕いたもの（灰カル）に熱処理をしたものを生石灰という。安価で酸性土壌改良に大きな効果を持つ。生石灰に水を加えて粉にしたものが消石灰で一般に利用されている（伊藤利巳）

司会　当時の常識から言えば、こんなに多く生石灰を撒く必要がないんじゃないかと思うくらい撒いていた。ある人が、賢治先生は大迫の生石灰の工場からお金をもらっているのではないかというくらい生石灰を撒いたといわれています。その後、東山の石灰工場で仕事に就いたわけですね。

馨　その後いくらか、石灰窒素も使うようになってきたけれども、当時はイシバイをかなり撒いたものです。田にまで撒いたものです。また、これは私の考えですが、アスパラガスが八景あたりのどこの家にもありました。箒でも作れるようなワサーっとした枝振りになって、アスパラガスの根株がどこにもありました。当時アスパラガスということは知らなかったが、どこに行ってもありました。栽培というより、道路のわきに、アスパラを植えていました。奇態だと思ったが、この辺の人はそんなにハイカラな人たちではないのだから、品種は違ったかもしれないが、戦後アスパラということばを覚えました。この辺ではかなり早くから、アスパラガスはありました。そういう意味では羅須地人協会からの影響だと思います。

昌介　あれは植え替えがいらないから毎年育っていたと思う。

大内　「聞書」のなかには、アスパラやホウレンソウのほかにも、伊藤克己さんは、瀧清水神社の湧水で、ワサビ作り、それを賢治に教わってワサビ漬にして売ったことや、与蔵さんはナガラベット（グラジオラスの地方名）や大和西瓜の栽培を教わり、それを姉さんが売りに行ったりした話がでてきます。単に米や麦の規模拡大の効率主義でない。今で言う付加価値の高い、換金性の作物を勧めているが、それは農民芸術概論に通じるものがあります。

瀧清水神社の清水

司会　馨さんのおやじさん（盛）は恰幅のいい父親さんだったけれども、宮沢賢治の演劇をやったのを見ました。「饑餓陣営」でバナナン大将を演じたとき、腹を空かしている兵隊にバナナをやるわけですよ。それをここにいる人はよく見たと思うが、そのときのことは、何か親父さんから話されませんでしたか。

馨　宮沢賢治の作品だということは聞いていたが、それ以上のことは話しませんでした。

伊藤孝（清さんの息子）　賢治の農学校の教え子の平來作さんが演じたのは見たことがあります。あとはちょっと分かりません。
私に家に生えている芭蕉の木を切って持って行って舞台に飾っていました。

大内　「聞書」にも芝居の話はでてきます。農学校でやっていたことを続けようとしたようです。「ある日先生は、芝居は自分で作ってやるのがいちばんよいのです」と、与蔵さんや忠一さんに勧めている。また「バナナン大将の話や、腹いっぱい食べて、とうとうお腹が破裂してしまった話など聞いたものです」と自作の童話「注文の多い料理店」の話などを聞かせていたようです。

馨　戦後になって、羅須地人協会や農民芸術概論の意味がわからないことを伊藤忠一さんに聞いたら、こうして今あぜ道に座って、たとえば早池峰山なり岩手山を眺めて、「ああ素晴らしいな」と感じることが農民芸術概論に通じるものだということだった。「バナナン大将」等も、明日の主役のためというか、よしやるぞというエネルギーを養うということだと言っていた。こんなふうに伊藤忠一さんは芸術術概論をわかりやすく私たちに話して聞かせてくれました。

伊藤孝さん

司会　清さんの息子の孝さんです。清さんは花巻農学校に入ったんだけど途中で辞められた。

孝　私の父は花巻農学校に入学した話は聞いていたんですけれど、先日資料を見て、入ってたんだなと思いました。賢治先生は大正十五年に退職して間もなくこっちにきているのですが。そこは私の家の土地だったようです。賢治さんの父の政次郎さんと私の曾じいさんと懇意だったらしく、そこで最初はあそこを貸して建物を建てた。そうしているところに、賢治さんが退職して間もなく来て、若い人たちを集めて話を聞かせながら、長靴を履き鍬を担いで自分の飲み水を持って、「下ノ畑」にほとんど毎日降りていたという話でした。夜になれば、さきほど鬼柳さんが言う通り、バイオリンを教えたそうです。だからうちにも、バイオリンが買ってありました。若い人たちを集めて、盛んに教えていたということは聞いております。

百姓のことについては、先生から肥料設計をしてもらって栽培をしたところが途中ではあまりに立派に伸びすぎて、この辺の人から、これではものにならないと言われたそうです。そういう話を聞いて、先生は心配して、絶えずその場所に来て見ていたといいます。それで実りの時期を迎えたところが見事に穫れたということでした。その肥料設計してもらった資料をしまっておけばよかったものを、ある人に貸したらその人が返さないでしまった。とっておけばよかったものを今はなくなってしまいました。

昌介　「下ノ畑」のことですが、私の母親が、「宮沢の畑、

地人協会跡から「下ノ畑」を望む

宮沢の畑」といって賢治先生が耕していた畑を宮沢家より借りて耕作しておりました。それは今の「下ノ畑」の標柱のあるところから七～八〇メートルほど南の方でした。今、「下ノ畑」の標柱のあるところは耕地整理で移動したのではないかと思います。

司会　清さんは農学校を、中途退学したからそういう面では、話しやすかったかもしれませんね。

孝　そういうことだったかもしれません。本人は、私のことはよく先生が分かっていたということだったらしいです。

大内　「聞書」の中には、清さんの水田の話として「伊藤清君の水田に初めて先生の指導で肥料を施した時は、窒素過多のように、稲穂が青黒くなって伸びはじめたので心配しました。丁度苗代に植えた苗のように株が太くなりましたので、蔭では〈農学校の先生だなんていったって、あれでは米も何も穫れたものではない。秋には倒伏してしまうから見てみろ〉と囁かれたものです」と具体的に出てきます。また、楽団を組織して、伊藤清さんは第二バイオリンとなっています。だから清さんもバイオリンを買ったんですね。

司会　伊藤克己は第一バイオリンで、忠一さんは、フルートでした。

大内　与蔵さんもバイオリンを買ったらしいですよ。「私もバイオリンを買いましたが満州事変から帰って間もなく友だちに一〇円で売ってしまいました」とあります。清さんの方はバイオリンはずっとありましたか。

孝　私の方は、昭和四十年に家の茅葺き屋根を解体したとき、そっちにやりこっちにやりして粗末にして無くなりました。バイオリンそのものは確か

当時の蓄音機

安藤琢夫さん

に見ております。

司会　バイオリンの話をすると、兄の伊藤克己も確かに持っておりました。私が小学校ころの話ですが、夏休みの宿題にバイオリンの糸を使って晴雨計を作ったことがあります。バイオリンの糸は、乾燥するとしまって、湿度が高くなると戻るということから、雨と晴れの予想することができるのでバイオリンの糸を全部外して調べたものを宿題として学校に持っていった。そうしたら大した（大変）誉められました。よく君の家にバイオリンの糸があったなと言われました。その時は賢治に教わったバイオリンの糸だとはいいませんでしたが、今は、壊してしまって申し訳ない気持ちです。当時は、バイオリンなんて生活とは関係がなかったですよね。

司会　蓄音機の話はどうですか。

孝　私の父と母が、結婚祝いに賢治さんから蓄音機をもらっております。

司会　賢治からもらったんですか。当時は高かったでしょうね。

孝　盛岡の村貞楽器店から出たものなそうです。

司会　家にも、蓄音機がありました。うちの親父は、兄が天気の好い時や、みんな稼いでいるときにレコードを聞いたりするのは、とんでもないことだと言って叱るんですね。親父がいないときに、鳴らすわけだけれど、親父がいつ来るかわからないから、毛布をかぶって聞いていた。誰にも聞こえないようにして、自分だけで聞い

伊藤美智子さん

伊藤貞子さん

ていたということです。言うならば、蓄音機を持っていたり、レコードを聞いているというのは、特別に珍しいことであって、日常にはなかったということが、先ほどのバイオリンの話で思い出されます。

大内　協会の活動で、楽団を組織したり、芝居をやったり、音楽鑑賞したり、コーラスもやる。こうした芸術運動がその当時の賢治の文学作品、例えば「セロ弾きのゴーシュ」などにも現れてますね。

司会　さて次に安藤琢夫さんです。琢夫さんのお父さんは、時々羅須地人協会にいって勉強してきたということです。

安藤琢夫　私の家にもバイオリンはありました。最近家を建てるときにもありました。賢治先生に教わったかどうかは分かりませんが、あのころ流行ではなかったんでしょうか。今は土蔵に入れているからどこにあるかわかりません。父親が、筑摩書房で賢治の全集を出すとき思い出を書いてくれと言われて書いているんですよ。これを見ると、私の父はまだ軽便鉄道に勤めていた時、現役で弘前に召集されているんです。その後、軽便鉄道に復職していたときに、文学青年みたいなことをしていて、あちこちの人たちと同人雑誌を作っているんですね。詩の話をどうすればいいのかと賢治先生に教えを乞いに伺ったということです。その時、「そのようなことにあ

伊藤明治さん

まり関わりあわないで農業を一生懸命やれと言われた」と書いています。

司会　お父さんは賢治が元気な頃は、どこに勤めていたのでしょうか。

琢夫　父は明治三十八年に生まれていますから、そのころは岩手軽便鉄道の事務をやっていました。賢治と会ったのは昭和の初めでしょうから、そんなことをやらないで、百姓やれと言われたのでしょう。私は、昭和五年に生まれていますから、賢治先生が亡くなった頃は三歳です。

司会　貞子さんどうぞ。

貞子（伊藤克己の妻）　夫の克己さんは賢治のことは何も言わなかったですが、賢治は羅須地人協会の「羅須」はどういう意味で付けたのかと聞いたことがあります。克己さんは、この辺の家を建てるときは、金網を張って、それに土やワラを刻んだ物を練って壁にする。それがこの辺の家の作り方だ。賢治先生はその金網をラスという練った土をつけ壁を仕上げる。そのように農民が泥になって集まってくる。それで、「羅須」地人協会と言うのだ、と教わりました。あとは、「お前は商売に向かない」とよく言われたということでした。

大内　羅須については、いろいろな説があるようですが、賢治先生が与蔵さんたちに、この建物に名前をつけたいと思うが、どんな名前にしたらいいだろうと相談したそうですね。だから、克己さんの説明が本当かもしれませんね。農民が泥になって集まるという説です。百姓の労働、芸術と結びついた労働を大切にして、給料取りになるのは、積極的に勧めなかったとも言っています。

司会　うちの兄、克巳はどういうわけか。トルストイなどのロシア文学の本を持っていました。羅須地人協会での授業をロシア文学や『資本論』などと、どういう関係を持っていたのかよくわからないのですが、当時、労働問題などが話題に出て、兄が強く興味を持ったのではないかと思います。

昌介　私らも、子どもの時、克己さんの部屋に入って見ました。小さいときは、三冊も持てないぐらいの重さでした。克己さんは、あのころ本をいっぱい持っていた人でした。

大内　本の話が沢山出てきましたね。賢治先生が沢山本を読んで、与蔵さんに「気持ちよく私にくださいました」と言って、『造園学概論』をもらった話、または伊藤忠一さんが『マルクス全集』を買った話などですね。

美智子（克己長女）　賢治先生のことはよくわかりませんが、家族が戦後、満州から引き揚げてきて、父は染物工場に勤務しました。営業の仕事をしていたので家にはほとんどいませんでした。今思うと賢治先生の影響があると思いますが、日本少年少女文学全集をずらっと揃えて毎日これを読めと言いました。ステレオ装置もあり、クラシックレコードも沢山聞きました。今思うと賢治先生は、情操教育を大事にした人だと思います。おかげで私は歌舞伎や宝塚にも親しむ少女時代を過ごしました。賢治先生の影響が、私たち二世にも間接的に及んでいると思います。

司会　それでは伊藤明治さん。結婚して長野から花巻にいらして住んでどうでしょうか。今賢治の心が、どう生きているか。その辺のところをどうぞ。

伊藤明治　私は、宮沢賢治のことはあんまり知りませんでした。私が大学で教わった先生（信州大学・八木博教授）は、酸性土壌のオーソリティでした。たぶん賢治が生きておられた頃は農業技術研究所の鑑定室長でしたから、宮沢賢治をよく知っているんですね。石灰を土に使うと言うのは、その当時は許可にならなかった。その時代に、懸命に肥料として認可するようにがんばったので、在野の人間としては賢治はたいしたものだと自分の著書にも書いています。昭和三十年前後の話ですが、宮沢賢治さんと言うのは、詩人だと思っていたが、すごい人だと思った。その後、縁あってここにきて、賢治祭だというと手伝っています。県の園芸試験場にいっていましたが、親の関係もあって、清六さんに頼まれて宮沢賢治詩碑の手入れを手伝うようになりました。おやじに言われたことは、「絶対表に出るな裏の仕事をしなさい」ということでした。それがおやじ克己の生き方だったのではないですか。多分それは、賢治さんに言われたことではないでしょうか。

　それと繋がりがあることでしょうけれども、宮沢賢治さんてどういう人だったかと聞いても、ニヤニヤしているだけで、絶対に言わないんですね。ただ言わないことはよほど衝撃だったんでしょうね。満年齢でいえば、たかだか一四か一五ぐらいですから、先生のレコードにもびっくりしただろうし違う世界だったと思います。だからいつまでも先生、先生と思っていたのではないのでしょうか。父が先生に、学校も終えて農業も嫌だし何が良いかと聞いたら「鉄くずでもいいから拾って歩け」と言われて、賢治先生は馬鹿にしていると思って勧めたんだ、という話です。

「郷志館」（現、桜　地人館）

自分に、東北大を出た友人がいるんですが、コネを頼っておじのところに、就職を頼みに行ったら、やっぱり鉄くず拾いからやれといわれたといいます。昔の人は、やっぱり自分のことは自分で切り開けということを伝えたかったのだろうと思います。賢治と言う人も、そういう人だったのかなと思います。

司会　今までの話を総合すると、みなさん、父親や兄弟は賢治という人はこういう人だったということをあまり言わなかったことが共通していますね。しかし、バイオリンを持っていたり、蓄音機を持っていたり、少年少女の文学を読めとか、レコードを聴くなど間接的には、何か大きな影響を受けているようです。

今になれば、賢治先生は、そういう人だということが分かったが、当時は、異邦人として、この地域では歓迎されなかったのではないかと思うのですが、言葉とすれば患っている人だから、あそこにはいくな、という人もいたようです。キヌさんに、その辺のところをもう一度聞いてみましょう。

宮沢賢治がここに引っ越してきたとき、あなたがたは、この辺の人たちはどういうふうに、話をしていたでしょうか。

キヌ　先生ということだから、上げ申しておきました。

夜は真っ暗い中を提灯もつけずに手探りで歌いに五〜六人の女友達が通いました。小学校の五、六年生頃で、男達はキューキューとバイオリンをやっていましたがうるさくて何の曲か判りませんでした。賢治、賢治といっても、当時は普通の人という感じでしたから、今になってみればもっと賢治さんから勉強しておけば好かったと思います。

昌介　とにかく変わった人だという風に見ていたようです。

孝　変わった人というのは、みんなより幾らかレベルの上のことを言っているので、周りはそこまで行っていないから、変わった人だと言われたのではないか。胸が悪かったということも近づかなかったことの原因ではな

取材に参加した岩手日報記者、斉藤猛さん

いか。そばを通るときも、鼻を手で覆って、歩いたものだそうだ。肺病と言うのは昔は嫌われた病気だったから……。

司会　宮沢賢治はここで頑張ったのだけれども、結果的に、地域の人からあまりよく思われなかった。自分はやっぱり、百姓は無理だと考えて体のこともあったけれども、挫折してここを去ったという人がいるが、本当のところ、地元の人はどうなんだろうということで、一言お願いします。

貞子　私は近くの『郷志館』で、二〇年近く勤めましたが、訪れる方々は、レベルの高い方が多く、専門的なことを聞かれても、私たちはそこまでつっこんで研究している訳ではないので……。

馨　あるときに、家の近くで呼びとめられ「大学四年生で論文を書かなければならないので、賢治先生についてどう考えるか教えて欲しい」と言われました。外から来る人はみんな、賢治先生は偉い人だと考えている。当然でしょうが、私たちにとってはもっと身近な存在みたいになっている。

司会　外から来る人たちは、ここに集まっている、いわば賢治二世の人たちとは違う考え方にたっていると見てよいのか、地元は、賢治とはあまり強く結ばれていないようだと、考えていいのでしょうか。

明治　そのとおりです。賢治祭に集まった人から声をかけられるのですが、私たちは、一世代か二世代の考え方ではないかと言われる。しかし、今は三世代から四世代の時代で、昔の畑がどうだったかなどということは一切わからないし、昔の人は、賢治先生は良かった良かったとしか言わないんですね。今は違うんですよ。研究ですよ、と言うんですね。私には理解できない。

先日も、賢治の作品を読んでいても昔のことが分からないから難しいという人もいました。今の感覚で物を見るのでわからないと思う。私も分からない。（笑い）

司会　確かに、レコードを聞くとか、本を読めなかった時代などということは、今は考えられないですからね。

吉田　私も、父親が、清六さんに育てていただいたというか。ずっとお付き合いがあったものですから、わりと古くから、ここのお祭りには来ていました。そのころは、宮沢「賢治の子どもの会」の演劇が素朴な感じがして、とてもよかった。光太郎は、この形を崩すなと言ったそうです、このごろは少しずつ変化してきているようにも思われます。今は、祭というよりも、イベントと言った方が良いような感じがする。しかし、いま話を聞くと、生活の中に賢治の心が、底流としてあるように見えます。盛岡にある宮沢賢治の会は、賢治が亡くなった次の年に生まれましたが、その趣旨は「ボヤボヤしていると外人が見つけ賢治を逆輸入することになりかねない。岩手から、宮沢賢治を発信しよう」というものです。先ほど話に出ましたが、ここに座って、早池峰や岩手山を眺めて「いいなぁ」と思うことが、農民芸術概論につながるのだという話を聞いて、賢治の心が生きていると思いました。また、今考えてみるとアスパラガスがどこの家にもあったという話も、実は、賢治の作った風景の中で地域の人が生活していたということになると思います。そういう人たちはそこから賢治を知るというアプローチが出来ると思います。

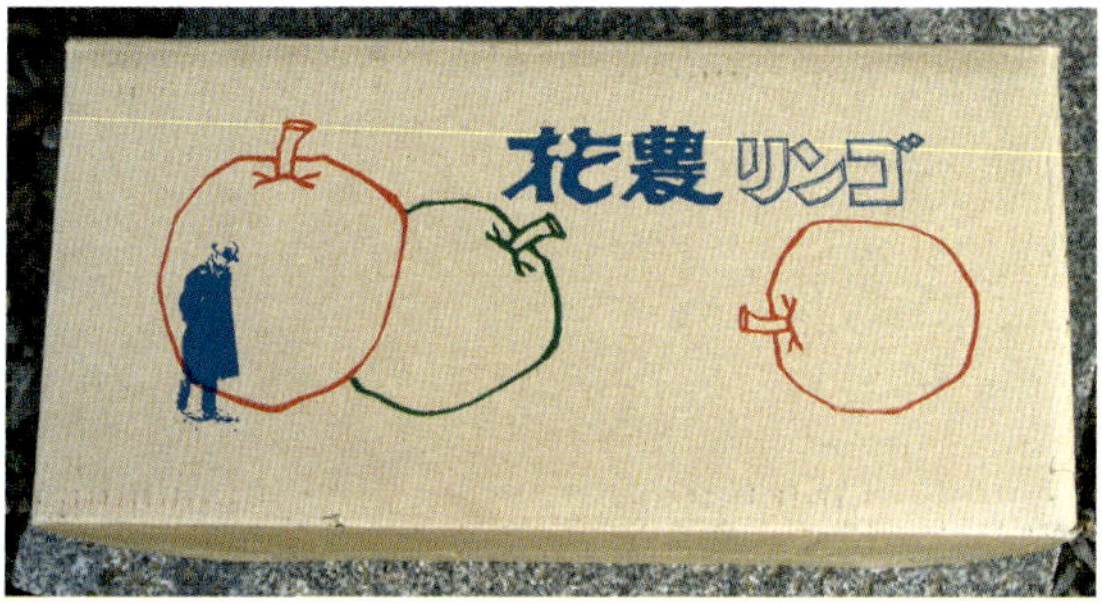

花農リンゴ

司会　確かに、当時の生活の場面から賢治を見ないと、ここに住んでいる人たちは、賢治を語るわけにはいかないと思います。

大内　小学校や中学校の教科書にも宮沢賢治先生は出てくるから、偶像化され、現実とはかけ離れていくところがあると思います。ただ、私は仙台に住んでいますが、仙台で、伊達政宗とか、荒城の月の土井晩翠とかに比べれば、花巻の賢治先生は町の中に生きているのではないですか。今まで出てきたアスパラガスや、チューリップ、ダリアなど、地域の中に、生きているのではないでしょうか。

斉藤猛（岩手日報社）　訪れる人たちと皆さんが持っている賢治像とがかけ離れているのは、どうしてかということに興味があります。それは地域にとっての宮沢賢治と、本や知識でとらえている宮沢賢治の違いなのかとも思います。

大内　先日、吉田先生から、「花農リンゴ」をもらいましたが、中に入っていた説明書には、宮沢賢治精神が生きていることが書いてありました。私は、仙台の知っている方々に配りましたが、そういうところに賢治の芸術思想が伝わっているのではないかと思います。仙台の小学校の先生にも「花農リンゴ」といって配ったら、大変よろこばれました。

司会　本当に細かいことを研究している人たちは多い。しかし、全体を見ることは少ないということもあります。地元の人たちは、賢治のことをよく知っていると思ってみんなやってくるのではないでしょうか。外から来る人の賢治の理解はそれぞれの専門の側から発言しているわけで、私たち二世は賢治を全体像として親しみを持ってとらえているのではないか。賢治から直接教わった人びとは賢治を高い位置において偉い人として教えをいただいていたのでしょうか。私たち二世になるとそれはそのままストレートに伝わっていないのではないか。

琢夫　伊藤忠一さんの話だが、肥料設計だけでなく、農業土木についても賢治先生が残したものが大きいと思います。耕地面積の測量とか井戸を掘って田んぼにする技術などは、昭和二十年代の終りから三十年代あたりまでだが、盛んに行われました。また、東北地方には昔からの慣行として「結い」があり、困ったときには互いに助け合う習慣がありました。この「結い」の心の流れを考えると、農村の青年会の活動もそうであり、忠一さんは賢治先生の影響だと言っていた。

大内　「聞書」にも、この近所の弥助橋の架け替え工事の話や、火事の後の手伝いなど、地域の助け合いの大切なことを書いている。「結い」の心がモリスなどの労働観に裏づけられて、「羅須」による「地人」の共助活動になっているようですね。大変興味深い話です。

司会　羅須地人協会の活動は、二年半で終わりました。賢治も元気になって、活動は再開されると思って与蔵さんも満州から帰ってきた。挫折したとか絶望したとかではなく、元気なら再開したはずであろう。賢治はそんな気持ちをもっていたと思います。その賢治の志を私たち地元に住む者として理解は十分ではないにしろ、少しでも引き継ぎ三代、四代とつなげていく努力が必要ではないかと思います。

本日はどうもありがとうございました。

第Ⅱ部　賢治とモリスの環境芸術

賢治とモリスは、ともに庭づくり、ガーデニングを愛した。
上は、賢治の設計図にもとづく「花巻総合病院の花壇」。下は、モリスのケルムスコット・マナーの入り口から玄関に向かって植えられているスタンダード仕立てのバラ、100年以上も変わらず『ユートピアだより』の扉絵そのままに美しく咲いている。(07年6月20日現在)

第一章　環境芸術へのアプローチ

「賢治とモリスの館」オープン

縁があって、仙台市郊外、作並・瀬戸原に別荘を建て、個人のミュージアム「賢治とモリスの館」——以下、「館」と略記——をオープンした。

宮沢賢治は説明するまでもない。一八九六年（明二九）岩手県の花巻に生まれたが、じつはモリスは、その年にロンドンで亡くなった。〇六年はモリス没後一一〇年、賢治生誕一一〇年、何か生まれ変わりのような二人の因縁を感じてしまう。モリスは工業社会の機械文明に反対して、地域の花や草木、鳥など自然環境を大切にする芸術思想を主張した。その思想をヨーロッパはじめ世界に広めたデザイナー、芸術運動家だ。

賢治の作品に「農民芸術概論」があり、それを高く評価する人は多い。「芸術をもてあの灰色の労働を燃せ、ここにはわれら不断の潔く楽しい創造がある、都人よ　来ってわれらに交れ　世界よ　他意なきわれらを容れよ」昔、これを読み強い衝撃を受けたが、賢治はわざわざメモ書きの注をつけていた。

Morris　"Art is man's expression of his joy in labor"

つまり賢治は、モリスの環境芸術の思想を、東北の農村から都市へ、そして世界に訴えかけようとしたのだ。モリスの環境芸術の思想は、賢治もその一人だったが、明治から大正にかけて日本の文化人に大変強い影響を

「賢治とモリスの館」のホームページ http：www.homepege 2 .nifty.com/sakunami/

与えた。とくに彼の代表作『ユートピアだより』を、一九〇四年（明三七）に堺利彦が『理想郷』のタイトルで邦訳した。

そこでは、ロンドンからテムズ河を遡りながら、イギリスで一番美しい地方と言われるコッツウォルズ地方への船旅で、モリスの理想郷が語られている。なお、コッツウォルズは「イギリスの美しい庭」とも呼ばれ、日本から沢山のガーデニング愛好家が今でも訪れている。

宮沢賢治も『銀河鉄道の夜』など、モリスの芸術思想を受け継ぐユートピアンだ。彼もまた北上川を遡り、花巻で「イギリス海岸」に立ち寄り、盛岡市に至る「イーハトヴ」の理想の世界を想い描いたのではないか。賢治の夢は、さらに広がり宇宙に達する。

さとう宗幸の「青葉城恋歌」は、青葉道のケヤキの緑とともに、広瀬川の清流の岸辺に、仙台市民の心のロマンを歌い込んだ。その広瀬川を遡り、源流に近づいたところに作並があり、瀬戸原の郷だ。十九世紀イギリスのテムズ河、そして二十世紀の初めに賢治が北上川の源流にユートピアを求めた。

二十一世紀、われわれは作並・瀬戸原に「賢治とモリスの館」、森のミュージアムをオープンした。賢治文学のファン、モリス小芸術・生活芸術の愛好家、それにイングリッシュ・ガーデニングのグループなど、来訪者は多い。広瀬川の清流に、環境芸術の思想の原点を学ぶ市民交流の場になればと思っている。ご理解とご協力を期待する。(＊)

＊この文章は、一部省略したが、地域の環境保全と歴史・文化活動の市民グループ「グリーンパワー作並」の会報第三号に掲載したものである。新入会員としての挨拶を兼ねた「賢治とモリスの館」の自己紹介である。

広瀬川の清流を守る運動

地域住民団体「グリーンパワー作並」――「賢治とモリスの館」オープンを機にメンバーに加えてもらったが――が中心になり、NPO法人「広瀬川の清流を守る会」が実施主体になって、わが広瀬川の上流、作並地区のゴミ清掃に乗り出すことになった。

産業廃棄物など、東北地方に首都圏のゴミが投棄され、日本列島のゴミ捨て場になっている深刻な問題がある。「環境税」の導入も検討されているらしい。この産廃問題、さらに地域での各論となると、上流と下流の対立に発展しているのが実情なのだ。

川の流れからすれば、上流でゴミが投棄され下流に流れ着く、これが自然だろう。だが、現実は違う。下流の仙台市の都心、青葉城の玄関口、博物館や国際センターなどが整備され、観光客目当てに清掃されるのは良いが、捨て場を失ったゴミは、上流の山奥へと逆流する。川上から川下ではなく、川下から川上への逆流現象が問題なのだ。

逆流するゴミは、川の流れではなく、国道四八号線をトラックに乗って上流の作並地区に運ばれる。そして、夜陰に乗じて、広瀬川の源流へと投棄されるのだ。この環境破壊は深刻である。わが「清掃実施計画書」を引用する。

特に上流部幹線道路及び県道、市道の車両待避所から河川のり面にかけ、建築廃材やタイヤ、ビニール、衣

作並は、広瀬川の源流に位置し「上流端」の標識もある。「グリーンパワー作並」が中心になり、建設業や行政を巻き込みながら、上流のゴミ清掃運動が始まった。

類、家具、家電製品、薬品など様々なゴミが慢性的に捨てられ、一部は河川に落下、流下している現状がある。ゴミの中には汚染物質も含まれ、長期的には環境問題も懸念される。

今回の清掃運動、①市民団体「グリーンパワー作並」が主体であること、②作業体制には地元建設業者も車両五台を提供、③ニッカウィスキー、河川国道事務所など、企業や行政を取り込んでいる点など、新しい地域づくりへの発展も期待される。

モリスの環境・文化財保護運動

豪雪の山形に隣接している作並は、十二月を迎えると雪が降る。そして、溶け切らぬままに雪が降り積もり、冬本番の積雪シーズンを迎える。「館」の庭も雪に覆われ、ホワイトクリスマスの環境がすっかり整った。あとはサンタの訪問を待つだけだ。

雪の中で「仙台・作並国道四八号線沿い」のゴミ拾いに参加することになった。「ごみ拾い」ではない。大量に不法投棄されている産廃の撤去作業である。建設業者もクレーン車を出して協力、官民連携の大作戦となった。わが「グリーンパワー作並」のボランティアを中心に、県や市の職員も参加し、百数十人の大部隊になった。

しかし大苦戦だった。降りしきる雪の中、気温は零度、マイナス一度、二度と急降下、反比例で血圧が急上昇するのがわかる。高齢者のボランティアには無理な作戦計画だった。それに、ゴミの山がみるみる雪に覆われる。雪の中からごみを掘り出す難作業となった。来春、若葉とともにゴミが顔を出すまで待つほかないようだ。ともかく敵は想像を超えるゴミの量だったことを報告しておこう。

かつて公害と呼んだ環境破壊は、イタイイタイ病など、川上の工場建設による水質汚染であり、もっぱら下流や

モリスも参加して創設された「古建築物保護協会」の玄関。ロンドンのリバプールSt.駅近く、再開発の波が隣接のマーケットにまで押し寄せてきた。

海が被害者だった。ポスト工業化の二一世紀は違う。廃材や粗大ゴミなど、下流からトラックで運んで、上流の自然が破壊される、これが環境問題の現状なのだ。工業化時代の工場公害のアプローチでは、現代の環境問題は解けないと思う。

十九世紀産業革命の工業化に反対したモリスが、一八七〇年代後半から社会運動に参加するとともに、J・ラスキンの示唆もあり歴史的建造物の修復、保存に立ち上がったことが注目されている。「古建築物保護協会」の創設である。その背景には、工業化による歴史的文化や環境の破壊に対する環境保護の機運の高まりがあった。そして、この運動がナショナル・トラストに発展した。この点は、東京・汐留で開かれた「モリス展(*)」でも強調され、特に阪大の藤田治彦教授が「装飾芸術と環境保護」のテーマで講演されている。なお、教授の専門が「環境芸術学」となっていることも興味深い。ともかくモリスの環境芸術は、環境保護運動と深く結びついていたのだ。

* 〇五年十一月に松下電工「汐留ミュージアム」で開催の「モリス展」である。

『注文の多い料理店』の朗読

雪の作並、積雪で「賢治とモリスの館」クローズだ。十二月末から翌年三月半ばまで、熊と一緒に冬眠である。

しかし、たまには様子を見に出掛ける必要がある。

　遠い昔の思い出だが、神奈川県の丹沢の山中で、「かんじき」を履いた経験がある。竹製だった。今日の「かんじき」は、赤いプラスチック製、装着も簡単だ。機能的にも改善されている。何十年ぶりに「かんじき」をはき、玄関までたどり着いて賢治とモリスに関係の本を持ち出してきた。

　持ち出した本の中に、賢治全集の『注文の多い料理店』がある。わが「シニアネット仙台」――正式名NPO法人「シニアのための市民ネットワーク仙台（*）」――の活動グループの一つに朗読教室がある。グループ名が「注文の多い料理店」、賢治ファンが多く、目下「狼森と笊森、盗森」の朗読を練習中。小生もグループ名に惹かれ参加、大学の講義をすっかり辞めたので、発声による健康維持も考慮して、練習に励んでいる。来春には、恒例の発表会も予定されている。

　賢治が生前発表した唯一の童話集が『注文の多い料理店』、その中の「狼森と笊森、盗森」の物語は、盛岡の近くにある小岩井農場の北にある黒い松の森にまつわる話。昔、岩手山が何度か噴火して火山岩に覆われた山を、農民たちが開墾する話だが、木を伐るのも、小屋を建てるのも、開墾するのも、すべて

賢治の作品には、小岩井農場に関するものが多い。農場から望む岩手山、その麓に「狼森」も見える。

森と対話し、その許しを得ながら開墾が進む。

開墾に狼が参加する。栗やきのこを狼が子供達にご馳走する。収穫した栗で粟餅を作り、農民たちが森にご馳走する。そして最後に「森もすっかりみんなの友達でした」「しかしその粟餅も、時節がら、ずいぶん小さくなった」と付け加えることを忘れなかった賢治だ。

この話は、人間が自然に働きかける開墾の原点だろう。開墾から開拓、そして開発、人間が自然を一方的に利用し、破壊し、いま地球温暖化やハリケーンの自然災害に慄く姿を見たら、賢治はどう思うか。

朗読は、賢治の心を伝えるものでなければなるまい。
＊　略称「シニアネット仙台」、地元紙「河北新報」の高齢社会へのプレス・キャンペーンから生まれた市民運動で、一九九六年（平七）設立、その後二〇〇〇年（平一二）にＮＰＯ法人格取得、東北・北海道地区では代表的ＮＰＯ。

賢治碑の石でパワーをもらう!

目下、朗読を練習中の賢治の童話「狼森と笊森、盗森」だが、じつは森は三つではなく、もう一つある。黒坂森であり合計四つ。

この森がいつごろどうしてできたのか、どうしてこんな奇体な名前がついたのか、それをいちばんはじめから、すつかり知つてゐるものは、おれ一人だと黒坂森のまんなかの巨きな巌が、ある日、威張つてこのおはなしをわたくしに聞かせました。

ずうつと昔、岩手山が、何べんも噴火しました。その灰でそこらはすつかり埋まりました。このまっ黒な巨きな巌も、やつぱり山からはね飛ばされて、今のところに落ちて来たのださうです。

この火山灰地の開墾が童話の内容だが、賢治もこの辺りを歩いたらしい。地質や岩石の調査かも知れない。百姓が「地味はどうかな」などと言いながら、土を指でこねたり、嘗めてみたりする、と書いているからだ。

また、賢治の詩集「春と修羅」には、「小岩井農場」が収められている。その下書き原稿には、周辺の森や山の名前が出てくるが、そのなかに「向ふの黒い松山が狼森だ。たしかにさうだ。地図で見るともっと高いやうに思われるけれどもさうでもないな。あれの右肩を通ると下り坂だ。姥屋敷の小学校が見えるだらう」と説明がある。

これらの説明から、四つの森は小岩井農場の北にある山々の森で、三〇〇〜四〇〇メートルほど、姥屋敷はそこの集落で現在も四〇〇人ぐらい住んでいるとのことだ。賢治の詩や童話にちなんだ碑文が、盛岡や花巻に沢山ある。小岩井農場にも「宮沢賢治詩碑」が建立された。その時、実行委員だった岩手県の高校の吉田先生から、こんな手紙を添えて沢山の「賢治碑の石」が、わが「館」に送られてきた。紹介しよう。

この石は小岩井農場の宮沢賢治詩碑の一片です。詩碑は二十一世紀最初の年に、岩手山の麓、雫石の牧場にあった安山岩溶岩で造られました。この石から賢治パワーをもらってください。

二〇〇一年十一月十一日

小岩井にもいくつかの石碑があるが、賢治の詩や文章を刻んだ碑文が多い。写真の岩の一部が「賢治の石」、賢治は岩石についても詳しかった。

わが朗読グループ全員、「賢治パワーの石」を握り締めて発表会に臨もう。

朗読「セロ弾きのゴーシュ」

賢治の羅須地人協会の時代の童話のひとつに「セロ弾きのゴーシュ」がある。「銀河鉄道の夜」と並んで、後期の作品を代表するもので、「地人」達のオーケストラの練習ぶりが、カッコウや三毛猫、子狸など、動物たちとの語らいとともに、ユーモラスに描かれている。楽団の演奏の成功という明るいハッピーな結末で、読んでとても楽しい作品だ。

わがNPO法人「シニアネット仙台」の朗読グループ「注文の多い料理店」、〇七年を迎えて新しい練習メニューが「セロ弾きのゴーシュ」だ。芥川や太宰の作品なども読んできたが、「狼森と笊森、盗森」「紫紺染めについて」「雨ニモマケズ……」、発表会での「農民芸術概論綱要」など、そして今回「セロ弾きのゴーシュ」だ。断然、賢治の作品が多い。

発表会では、「紫紺染について」を輪読した。これは賢治の未発表だった童話のひとつ、長岡輝子さんの岩手訛りの『宮沢賢治の魅力』CD版にも入っている。紫紺とは染物の色、その原料が岩手の山に自生している「紫」という山野草の根、「紫根」である。化学染料アニリンなどに押されていた紫紺染めが見直され、賢治の童話によく登場する西根山の「山男」がここでも登場して、盛岡の特産品の復権に一役買う、ユーモアに満ちた作品だ。ここにも、モリスから賢治への環境芸術の思想の流れを感じる。

今度の「セロ弾きのゴーシュ」、賢治が何回か書き直しているようだが、現在稿は昭和六年頃らしい。童話作品としては賢治最後の作品だそうだが、羅須地人協会の楽団の活動と重ね合わせると、色々面白い点に気づく。

まず、協会の楽団だが、伊藤与蔵さんの「聞書」によると、バイオリン、クラリネット、フルート、それに「先生はセロとオルガンでした」とある。練習は一生懸命にやられたらしいが、「ドレミファを覚えるのがやっとでした。ところが練習にさっぱり出て来ない人もあったり、練習しても思うようにいかないものでした」ということで、どうにか形はできたものの、「最初の演奏会をやろうという勢いもなくなりとうとう中止になりました」との結末となった。

「館」には、「世界で一番美しいむら」コッツウオルズの17世紀の家のミニチュアがあり、さらにそこにガーデンのオブジェとして「セロ弾きのゴーシュ」のセロも置かれている。

童話「セロ弾きのゴーシュ」のハッピーな結末とは逆だが、賢治にとっては協会の楽団が抱いていた成功の夢を童話に託したに違いない。ただ、賢治自身のセロだが、「先生のオルガンだけは上手になり伴奏などもつけてひけるようになりました」と書かれている。オルガンは上達したが、セロはどうだったか、とくに書いてない。おそらく、苦心して練習したが、余り上手ではなかったのだろう。

「セロ弾きのゴーシュ」のゴーシュは、gauche で仏語、「下手くそな」「お荷物的存在」の意味だ。ゴーシュは賢治自身、「下ノ畑」のトマトやキャベツの話など、別荘の羅須地人協会の一人暮らし、なかなか上達しない夜の練習の苦心振りが、訪れる動物たちとの会話のなかに語られている。童話の中から、当時の協会の活動が何か生き生きと伝わってくる。短期間だった協会活動だが、賢治たちにとっては暗い絶望や挫折ではなかったように思う。協会の若いメンバーと一緒に活動した、明るくハッピーなものだったのではないか。

瀧清水神社の湧水とワサビ栽培

現在、花巻市の桜町、羅須地人協会があった「賢治詩碑」のすぐ近くに瀧清水神社がある。北上川と豊沢川の合流点、賢治の耕した例の「下ノ畑」からほんの数十メートルのところだが、社の崖下から今も清水が滾々と湧き出している。水汲みができる様に足場もコンクリで固めてある。ここで、協会のメンバーだった伊藤克己さんが賢治の指導で「ワサビ田」を作り、ワサビ栽培を始めた。さらにワサビを粕漬けにして売ったらしい。協会二世の座談会の時、克己さんの弟の利巳さんが説明してくれた。

克己さんのワサビ作りについても、与蔵さんの「聞書」に書いてある。賢治は、羅須地人協会の活動とともに、与蔵さんや克己さんの相談によく乗っていた。与蔵さんには、グラジオラスやスイカの栽培をアドバイスしている。

「ある時先生から、グラジオラスを植えてみませんかとすすめられました。グラジオラスというのはどんな花ですかと聞き返しましたら、ナガラベットのことだということがわかりました。それならうちの庭にも沢山ありましたし、あまり気乗りがしませんでしたが、せっかくすすめられるものですから植えてみることにしました。

夏がやって来て、新しく植えたグラジオラスが次から次へと咲き始めました。花は赤、白、黄、紫と全く色とりどりのきれいな花なのです。うちにあるナガラベットとはあまりにも違う花なのでびっくりしました。グラジオラスは忽ち近所の評判になり、わざわざ見に来る人もたくさんありました。その花はたいてい近所の人に分けてやりました。

又、ある時、西瓜を作ってみたらどうか、といわれたことがあります。大和西瓜という品種でした。その年はみごとな西瓜になりましたが、町に売りに行くのが恥ずかしいので、姉にたのんで売ってもらったことがあります。姉は一つ六〇銭で売れたよ、と言って喜んで帰って来ました。」

以上は、与蔵さんについてのグラジオラス、大和西瓜の話である。賢治が、当時から換金性の高い、付加価値の大きい、花木や果物を作物に取り入れようとしていたことがわかる。市場経済を全面否定した単純な物々交換ではない。花壇づくりでもそうだが、花を通じてのモリスとの共通性、芸術思想とのつながり等、モリス—賢治の流れを確認できる。

続けてワサビの話である。

伊藤克己君は、先生からわさび作りを教わり、わさび漬を作って売りました。先生はチューリップとヒヤシンスをやりました。

伊藤克己さんのワサビ作りのワサビ田が、瀧清水神社の湧き水の利用であり、それを加工して「わさび漬け」を製造、販売した。克己さんも与蔵さんと同じだった。作るのは自分だったが、売り歩くのは苦手。もっぱら克己さんの配偶者の仕事だったとは、今回の座談会で明らか

「聞書」にも出てくるが、協会の若手メンバーとして与蔵さんと仲良しが伊藤克己さん。協会で活動していた頃の写真。

にされた真相である。何とも心温まる羅須地人協会の師弟共同の「地産地消」の営みである。

第二章　「地人芸術」の思想と教育

雪の下の賢治の木「ギンドロ」

奥羽山脈の山並に抱かれた作並温泉は、仙台市内でも雪が深い。その山里の「館」は、目下雪のため閉館、静かに冬眠中である。暦の上では立春、でもまだ雪が降る山里だが、日差しには少しずつ春を感ずる。待望の「かたくりの花」の開花は何時だろう？　冬が早く来ただけ、春の早い訪れを期待したいのだが。

沢山の庭の山野草、秋に植えた球根など、雪の下で春を待っているはずだが、気にかかるのが賢治の木「ギンドロ」である。去年の秋、岩手の高校の先生から数本の木を頂き、記念に植えてある。まだ幼木であり、秋に落葉して枯れた様になっていたが、雪の下でどうしているか。雪が消え、春とともに元気に芽吹くといいのだが、さらにまた頂き物の賢治愛好の「翁草」の苗とともに心配なのだ。

賢治の木「ギンドロ」だが、「ドロ」とは白楊のことで、寒冷地の山野に自生するヤナギ科の落葉高木と解説されている。賢治は、とくに北欧産のギンドロヤナギ（銀白楊）を好み、花巻方面では「賢治の木」と呼ばれている。「聞書」にも出てくるが、与蔵さんが賢治と一緒に苗木を植えたのは、桜町の羅須地人協会の庭で、今日でも「雨ニモマケズ」の詩碑の傍らの井戸のところに天高く見事に繁っている。花巻の市内には「ギンドロ公園」もあるし、盛岡の岩手大学構内にも並木に植えられて銀色に輝いている。

そこで、わが「館」に植えた「ギンドロ」だが、これは昔、賢治が自分の身代わりとして自ら育てた苗木を岩手県立黒沢尻高等女学校（戦後は「黒沢尻南高校」）に贈った木の子供だ。高校の庭には、その謂われを記した碑があった。全文を紹介しよう。

この銀どろは昭和三年五月　本校移転落成の記念に宮沢賢治から贈られたものである　ゆかりも深いこの樹の年輪を歴史の中に刻み樹下に碑を建てて永く記念し　世界全体の幸福を願った賢治の精神に触れて　諸子がすこやかに成長を遂げられるように　心から念願するものである

昭和参八年五月五日

校長　目時　隆太郎

なお、この碑文の表には「農民芸術概論綱要」序論の一節が刻まれている。

われらは世界のまことの幸福を索ねよう　求道すでに道である

ところが、である。歴史のある「黒沢尻南高校」は、岩手県の学校統廃合で廃校になってしまった。少子高齢化による東北、岩手の厳しい現実である。そこで、今から七八年前の宮沢賢治の教育への志を受け継ぐ意味で、わが「館」に「ギンドロ」の子供を植えさせてもらった次第である。賢治の願いが、少しでも理解を広め、実現されるよう、来訪者の皆様にもお願いしたい。

世界がぜんたい幸福にならないうちは個人の幸福はあり得ない

宮沢賢治　　農民芸術概論綱要

▲黒沢尻南高校に植えられていた在りし日の賢治の「ギンドロ」。すでに木は倒れてしまったが、ギンドロは根から若木が成長するので、移植が可能である。

▲賢治のギンドロの根から成長した若木を「館」の庭に移植したが、立派に根づいている。碑文にあるように賢治の志を生かす「館」のシンボルである。

賢治とモリス、そして教育

NPO「シニアネット仙台」の朗読グループ「注文の多い料理店」の発表会で、賢治の「農民芸術概論綱要」を朗読した。生まれて初めての経験だ。自分では賢治をたっぷり読ませてもらった積りだが、出来栄えは「人々の語るに任せよ」だ。ただ、照明やバックの音楽が立派過ぎて、柄にも無く本番は上り気味だった。しかし、賢治やモリスの芸術を「朗読」という独自の表現のジャンルで聴衆に伝える事、文章表現でもない、音楽でもない、また絵画表現でもない、朗読表現という表現手法、プレゼンテーションがあったことだけは、少し理解できたような気がする。これから賢治とモリスの環境芸術の朗読表現に磨きを懸けよう。ご照覧あれ！

ところで、朗読グループへの参加を思い立ったのも賢治だった。とりわけ「農民芸術概論綱要」、そこに凝縮されたモリスの環境芸術の思想を読み、語り、伝えたかったからだ。賢治の「農民芸術概論」は、詩の形式で書かれた講義録である。一九二六年（大正一五）に花巻農学校に、当時の国策で「岩手国民高等学校」が開設、賢治の担当科目が「農民芸術概論」だった。その講義のため一〇章の講義案が準備され、賢治のユートピアの学校ともいえる「羅須地人協会」でも講義されたものだ。ここでは目次を紹介しておく。

序論
農民芸術の興隆
農民芸術の本質
農民芸術の分野
農民芸術の諸主義

オックスフォード大学の構内、オックスフォードはコッツウオルズ地方に含まれる地名、その地域に多くのカレッジが集まった大学の町である。モリスもそうだが、A・スミスも当時の大学には批判的だった。

農民芸術の製作
農民芸術の産者
農民芸術の批評
農民芸術の綜合
結論

以上、全部で一〇章だが、詩人・賢治の教育運動への思い入れが熱く伝わってくる。賢治は花巻農学校の教師だった。一方モリスには、教師経験は無かった。しかし、彼の『ユートピアだより』には、学校教育を鋭く批判して、自由な教育を理想郷に求めている。暴力革命など、権力奪取による上からの社会改革を嫌ったモリスである。教育の価値を、殊のほか重視したのだ。

あなたは子供たちが因習的に学齢と思われる年頃になると、その能力や性向の相違に関係なく学校に放り込まれ、そこでは事実の方には無頓着に一種の因習的なラーニングの過程に服従させられたと思うでしょう。だが、あなたはそうした遣り方が、肉体的および精神的「成長」の事実を無視するものである事がお解かりでしょう。……十九世紀には、社会はその根底になっている無制限な競争のために、実に惨めにも貧しかったために、真の教育は誰にとっても不可能でした。

モリスは、ここでオックスフォード、ケンブリッジの大学教育にも痛烈な批判を浴びせる。その上で、自由な教育の重要性を求め、二十一二十一世紀のユートピアを「教育の世紀」と位置づけている。さらに環境芸術の思想が、環境教育によっても裏付けられている点に注目すべきだろう。戦後、新憲法制定や教育改革に尽力し、文部大臣も務めた森戸辰男さんが、戦前一九三八年（昭和一三）に『オウエン・モリス』を岩波書店から出版し、ユートピア社会主義と教育について論じている。これまたユニークなモリス論だと思う。

モリスや賢治の教育論については、いま十分に検討される必要がある。たんに賢治の詩や童話が教科書に載るだけでは、教育に生かされたことにならないからだ。賢治の芸術思想・社会思想をモリスの教育論の継承、発展として、新しい教育実践に生かすことが討議されるよう期待したい。

賢治先生の心「花農リンゴ」

岩手の花巻は宮沢賢治の町だ。盛岡の市民も、賢治が大好きだ。しかし、盛岡には賢治の先輩に啄木がいる。原敬も尊敬されている。盛岡市民の誇りは、賢治だけではない。それと比べたら、花巻で生まれ、花巻の農学校で教壇に立ち、そして病に倒れて亡くなったのも花巻、宮沢賢治は花巻の「地人」である。花巻の土地に生きる人間だった。だから花巻の人は、賢治を誇りに思っているだけではない。賢治を愛し、賢治とともに生きている。

賢治は花巻に生きている。

久しぶりに花巻を訪れた。賢治記念館には何年か前、一度訪れたことがある。今度は記念館だけでなく、二日間にわたり花巻、北上など、賢治所縁の地を訪ね歩いた。案内役は、最近岩手の高校を退職された吉田先生、賢治の研究家、というよりも花巻農学校の教師としては賢治の後輩に当たる。すでに「賢治パワーの石」も送って頂いた。父上、吉田六太郎氏も教師であり、「賢治の会」の代表も務められたそうだ。文字どおり「賢治一家」だから、何処を訪ねても顔が利く。素晴らしいガイドさんに恵まれたものだ。

記念館再訪の後、まず旧「花巻農学校」……賢治は前身の「稗貫農学校」から数えて約六年間教壇に立った計算になるが……現在の「花巻農業高校」に出かけた。吉田先生、昔自分も教員として務めたことのある学校だから、勝手は全部ご存知なのだ。後輩の現職の先生に顔パスで見学できた。ここ農業高校の敷地には、賢治が一九二六年農学校を退職、花巻町下根子、つまり現在の桜町で独居自炊生活を開始、続いて設立した「羅須地人協会」の旧い建物が移築されている、その見学なのだ。「下ノ畑ニ居リマス　賢治」で有名な旧居である。

移築改修されたとはいえ、木造二階建がよく手入れされ、保存状態は極めて良好である。賢治先輩による農村青年のための「生涯学習」の私塾を、吉田先生はじめ後輩の先生がた、それに農業高校の生徒たちも協力して、まさに「歴史建造物保存」の教育実践が行われているのだ。「先輩喜んでください」、W・モリスの環境保全の芸術思想の運動が、こんな形で受け継がれているとは、賢治とモリスの思想がここに生きている。

なお、農業高校としては当然だが、花巻農高でも実践的授業の一環として、先生と生徒が実習でリンゴを栽培している。そして、秋に収穫して「花農リンゴ」の名前で出荷して大好評らしい。年末に、お歳暮で「花農りんご」を頂いた。箱入りである。「花農」とは、花巻農業高校のこと、かつて宮沢賢治が教えていた花巻農学校が、戦後の改革で花巻農業高校に変わった。でも、今でも生徒達は「賢治先生」と敬愛し、その生徒たちが栽培して

花巻農業高校の構内に移築された羅須地人協会、先生と生徒たちが清掃して保存に努力している。

いる「花農りんご」だ。

りんごと一緒に段ボール箱の中に、「花農　愛農農場果樹係」の名前で、こんな挨拶状が入っていた。「今年は花農創立百周年の年であり記念式典や宮沢賢治先生銅像建立があり益々の盛業を誓い合ったところです。これからも特段のご愛顧いただきますようお願い申し上げます。まずはご賞味下さい。(*)」

墨痕、達筆な挨拶だけではない。「今年も昨年同様北国の春の訪れが遅く、りんごの開花が一週間程度遅れ、どうなるかと心配しておりましたが、その後の好天により生育が回復し順調に推移しました。……」細かく生育状況が報告されている。

さらに生育状況だけでなく、「そのりんごを心を込めて育ててくれた生徒達は三年生二名（無口で力持ちの男子生徒と人一倍おしゃべりな女子生徒）と二年生六名（少し頼り無い男子生徒とこれまたおしゃべりな女子生徒五名）ですが、皆明るく楽しい生徒達です。りんごを食べるときの表情は格別なものがあります。」

りんごに良く似た若い生徒達の顔が浮かんでくる。

笑い声も伝わってくる。愛農農場の先生と生徒達の教育の賜物が、「花農りんご」に込められている。りんごの一つ一つが、賢治の「地人芸術」の見事な作品ではないか。いいお歳暮、いい歳末だ。

＊　二〇〇六年、賢治生誕一一〇年が「花農」創立百周年に当たった。

それは絶望か、弾圧か

花巻訪問につづいて、日帰りで盛岡にも出かけた。独立行政法人・岩手大学が「開かれた大学」を目指し、「宮沢賢治センター」をオープン、第一回の定例研究会が開かれたからだ。夕方の研究会だったので、朝から出かけた。花巻に引き続いて吉田先生に盛岡市内、そして晴天に恵まれたので小岩井牧場までご案内頂いた。花巻にも増して、盛岡の賢治に造詣が深い先生、実に手際よくガイドされ、一日で大収穫の盛岡訪問となった。

吉田先生もそうだが、盛岡の市民は賢治が大好きなのだ。それをまた誇りにしている。盛岡駅前の北上川にかかる「開運橋」、それを渡って一三歳の賢治が県立盛岡中学を受験した、そこから話が始まる。中学から盛岡高等農林へ主席で入学。現在は岩手大学だが、高等農林の旧本館が農業教育資料館となり、賢治関連の資料が沢山展示されている。

盛岡では、市内各所に賢治の足跡を記念碑に刻みながら、街づくりが行われているのには敬服する。賢治が生まれ育ったのは花巻、死んだのも花巻。しかしながら文学的素養を育み、そして天才的文学者を誕生させたのは盛岡であり、岩手山なのだ。そこに盛岡市民の誇りがあるのだろう。花巻の街づくりとは別の意味で、それはまた盛岡らしい賢治の街づくりを感じてしまう。

午後五時から研究会、岩大のセンター代表・望月善次教授が、「羅須地人協会時代の絶望の深さ」と題して報告された。賢治の作品や手紙などから、賢治の希望職種は必ずしも農民ではなかったこと。しかし、彼の農業の修業は専門的に進められたこと。でも「学校を出て来たもの、月給をとったことのあるもの」には、農民にはなり切れぬ絶望があった。そんな要旨のご報告だったと思う。ここでの絶望は、「地人」と「都人」の深い断絶かもしれない。

報告への質問もあった。花巻でご兄弟が「羅須地人協会」のメンバーだった方からだが、当時の賢治は協会で楽しく元気に教えていた。絶望によって協会を止めた訳ではなく、むしろ警察やマスコミ報道などの事実上の弾圧が協会の活動を中止に追い込んだ。この意見に対して、望月教授は「賢治の絶望と協会の活動停止とは直結していない」と回答されていた。いずれにせよ、協会の活動が当局の弾圧で困難になり、定期の開催から不定期の開催へ追い込まれたように思われるが、検討すべき一つの論点であることは間違いないだろう。

協会活動の停止の理由は複雑だと思う。あまり単純に割り切るわけにはいかない。まず賢治の健康の悪化が大きい。病気のため挫折したようにも見える。時には絶望したこともあったかも知れない。人間だから当然だろう。当局の弾圧もあったし、賢治が与蔵さんはじめ若いメンバーに、政治的災いが及ぶのを配慮したことも大きかったように思う。それに時局が満州事変を迎え、与蔵さんはじめ応召した。活動を再開できない物理的理由もあった。

ただ、今回の二世座談会でも明らかなように、協会のメンバーが明るく楽しく活動していたこと。そして、活動の再開を期待していたこと。賢治の心が、今も「地人」の心として生きていることは否定できないのだ。

地域とともに生きる～宮沢賢治に学ぼう～

仙台市内のS小学校の四年生約七〇人、参観の父母三〇人ほどの前で授業をした。小学校の授業は生まれて初めて、初体験だった。大学の講義なら、四〇年以上のキャリアがある。別に準備も要らない。しかし、小学校、

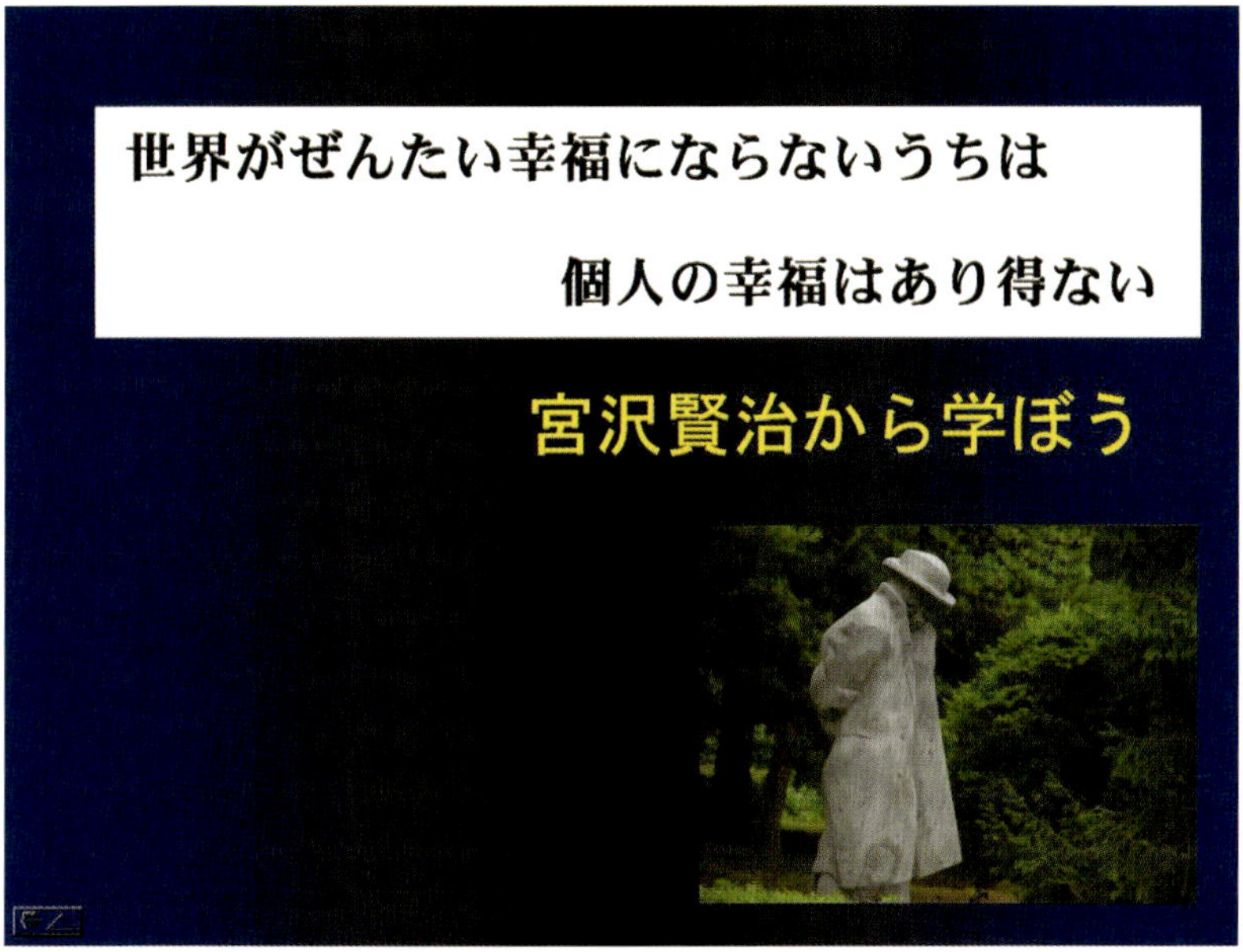
世界がぜんたい幸福にならないうちは
個人の幸福はあり得ない
宮沢賢治から学ぼう

授業に使ったプレゼンテーションの扉、M先生などが「館」の賢治関連の資料から製作した教材の一部である。なお、「館」ではモリス関連の資料を使って、大学のゼミなどもおこなわれている。

それも四年生だ。事前の不安、心配、緊張は、最近に無く大きいものだった。どうなる事か？

事前に、賢治の「世界がぜんたい幸福にならないうちは、個人の幸福はあり得ない」（農民芸術概論綱要）を教材に、小学校のM先生が作文を書かせてくれていた。だから、生徒は皆、賢治の名前は知っている。まず「雨ニモマケズ」を朗読する。

賢治の生い立ち、花巻に生まれ、盛岡に学び、再び花巻に帰る。花巻農学校の教師。そして、「羅須地人協会」を説明して、地域に根ざした活動の意味を考える。「下ノ畑ニ居リマス」――働くということは「はたを楽にすること」、「はた」というのは周囲の人たち、「働くことは家族なり、地域なり、又国の発展のために努力すること」――伊藤与蔵さんの「聞書」も紹介した。

生徒より、お母さん達の反応がいい。生

宮沢賢治の作品は、小学校4年生には難しい教材だと思われたが、十分理解されたようである。「雨ニモマケズ」の詩が、没後愛用のトランクのポケットに入っていた黒手帳から出てきたので、トランクを持参して生徒に説明したので賢治に間違われたらしい。

徒も頷いて聴いている。「雨ニモマケズ」を解説しながら、賢治の「地人」の人間像を語り、彼の死の意味を考える。最後に、皆で「雨ニモマケズ」を朗読した。

四五分間は短かった。大学の九〇分講義が身に付いている。途中で鐘がなり、冷や汗をかいたが、どうやら授業終了。生徒からどんな評価を受けるか？　つづいて参観のお母さんたちと九〇分の懇談会、時節柄「いじめ」「未履修」「ゆとり」などの話題だったが、別に緊張することなく終わった。

お世話頂いた先生方、「ご迷惑かけました」。

「雨ニモマケズ」生きる「地人」の人間像

〇七年元旦。昨日、大晦日、素晴らしい贈り物が届いた。先日授業をした小学校四年生の感想文だ。
表紙には「世界がぜんたい幸福でなければ　個人の幸福はあり得ない」が、当日の授業のカラー写真と一緒に印刷され、きれいに製本されて送られてきた。七六人の生徒の作文を集めて、師走のお忙しいのに製本していただき、感謝感激である。

想えば昨年の夏、四年生担任のM先生が、作並温泉での集まりのついでに、わが「館」に偶然立ち寄られたのが切っ掛けだった。総合学習のテーマ「かかわり　ささえ　つながろう〜一〇歳をむかえるぼくたち・わたしたちにできること〜」で、四月から、地域のマップ作り、施設見学、公園清掃などが行われていた。

この総合学習の教育実践を、賢治の思想「世界がぜんたい……」で裏付けてみよう。それでは、と言うことで「館」の賢治グッズを教材としてお貸しした。それを使って九月初めに生徒が作文を書いた。戦争のない世界平和による幸福への期待と並んで、「なんで世界ぜんたいが、幸ふくにならないうちは、個人の幸ふくはありえないんだろう?」こんな素朴な疑問がたくさん出た。そんな疑問に答える意味もあり、今回の「地域とともに生きる〜宮沢賢治に学ぼう〜」の授業を担当することになってしまったわけだ。

当日の授業では、「雨ニモマケズ……」を教材に選んだが、賢治が羅須地人協会で「地域とともに生きる」「地人」の人間像をうまく伝えられたか? 小学四年生に賢治の思いを理解してもらえたか? 期待によって、募る不安を抑えながら七六人全員の感想文を一枚ずつ読ませてもらった。素晴らしい生徒からの贈り物だった。まず、生徒の感想文を先に読んだM先生の感想は、どうだろう。

子どもたちがその子なりの感性で先生のお話をきちんと受け止めていることがよくわかり、とても感動しました。先生を宮沢賢治だと思った子もいれば……サイダーのコマーシャルに出ている賢治に関心をもったり…

…。何よりも自分たちが続けてきた活動と賢治の思想を比較して捉えていて、先生をお招きした意図が子どもたちに通じていることがうれしかったです。

生徒の作文も一、二紹介しよう。

私は大内先生のお話を聞いて、宮沢けんじはとてもえらい人なのに、畑仕事や人のためにいろいろなことをしてきた人だと分かりました。あと、〈雨ニモマケズ〉という詩は、宮沢けんじが手帳にこっそり書いたということが分かりました。でも私は〈雨ニモマケズ〉という詩はとてもいい詩なので、こっそりかかなくてもよかったんじゃないかな、と思いました。
それと大内先生の話かたがよく、いろいろ宮沢けんじのことが分かってよかったです。六年生でも宮沢けんじのことを習うので、大内先生のいっていたことをさんこうにしながらやっていきたいと思います。ありがとうございました。

……私は、雨ニモマケズという詩は分かっていましたが、ほかの詩は知りませんでした。宮沢けんじは自分のために働くのではなく、まわりの人達のために働いているのが分かりました。六年生になったら、歴史のことを習うので、その前に宮沢けんじのことが分かってよかったです。この前は、いそがしい中来て下さって、ありがとうございました。

与蔵さんの「聞書」にあったモリスから賢治への労働観、「働く」とは「傍を楽にする」こと、それを子供たちの感性がキチッと受け止めているではないか。賢治の地人芸術は、「地域とともに生きる」地人の人間像を生み、死の床で書き残した「雨ニモマケズ」は、地人として生きるパワーを生徒たちに与えたと思う。

第三章　世界から見たイーハトヴ

伊藤与蔵「聞書」を読む

今年二〇〇六年は賢治生誕、そしてモリス没後一一〇年、賢治に関しては、花巻などで記念行事が続く。どれかに出席を、と考えていた。その矢先、これまで賢治に関連してご協力いただいている吉田先生から、「本日伊藤与蔵さんの聞き書きを読んでいたら、モリスのことが出ていたので、その文を送ります」とのメールが突然入った。「聞書」の一部だ。

「羅須地人協会」の項目の中だが、モリスに関連して「農民芸術という学科もありました。これは大変難しくてよくわかりませんでしたが、ウィリアム・モリスなどの言葉を引用し説明されました。」その上で、労働と芸術の関連、とくに農民芸術について与蔵さんの記憶にあり、印象に残っていることが生き生きと語られている。例えば、こんな説明もある。

　働くということは「はたを楽にすること」ということが心に残っています。はたというのは周囲の人たちということです。働くことは家族なり、地域なり、又国の発展のために努力することだと教わりました。

そして、こんな言葉で説明をまとめている。

「大昔は、人間はみな百姓でした」と先生は言われました。「当時の百姓の生活には歌もあり、踊りもあり、芝居もあったのです。世の中が進むにつれてそれらのものはみな職業芸人に横取りされてしまって、百姓にはただただ生産労働だけが与えられるようになったのです。これからの百姓は芸術をとり戻して楽しく働くようにならなければなりません」というようなことをおっしゃったように思います。

賢治の作品の中で、具体的にモリスの名前が出てくるのは「農民芸術概論」、それも「農民芸術概論綱要」のうち、「農民芸術の興隆」の章にのみ書き加えられていた内容メモの中だけだ。しかも、賢治の「農民芸術概論」は全部、昭和二十年八月の花巻の戦災で消失して現存していない。だから、賢治がモリスの影響を受けていたにしても、直接的なものか、間接的なものか？　部分的か、広範囲か？　影響の内容は何か？　など、いろいろ疑問になるのは当然だろう。

わが作並の「館」の来訪者の質問も、「賢治とモリスは、どんな関係があるのですか？」というものが一番多い。当然の疑問、質問だろう。こうした来訪者の質問に対しては、この与蔵さんの「聞書」の内容が、かなりの説得力を持つに違いない。「聞書」の公刊を思い立ったのも、モリス愛好者、賢治ファン、そしてガーデニングの好きな人々に、モリスに遡って賢治の農民芸術＝地人芸術の思想的深みを知って欲しいと思うからだ。

伊藤与蔵さんの「聞書」だが、もともと与蔵さんの近所に住んでおられた菊池正氏がヒヤリングされたもので、一九七二年（昭四七）八月十一日にまとめられた。今から三〇年以上も昔のことだ。菊池氏からは、「私だけが聞き流してしまっては勿体ないと思い、ガリ版で印刷し職場の皆さんに渡して見てもらったものです」とのことだ。そのまま埋もれていたようだが、花巻訪問などでお世話になっている吉田先生が、先月初め偶然ガリ版刷りを読まれ、小生に連絡していただいたものだ。なぜ吉田先生が読んだか？

吉田先生の父上、六大郎さんが菊池氏の友人で、「ガリ版で印刷し職場の皆さんに渡して見てもらった」、その

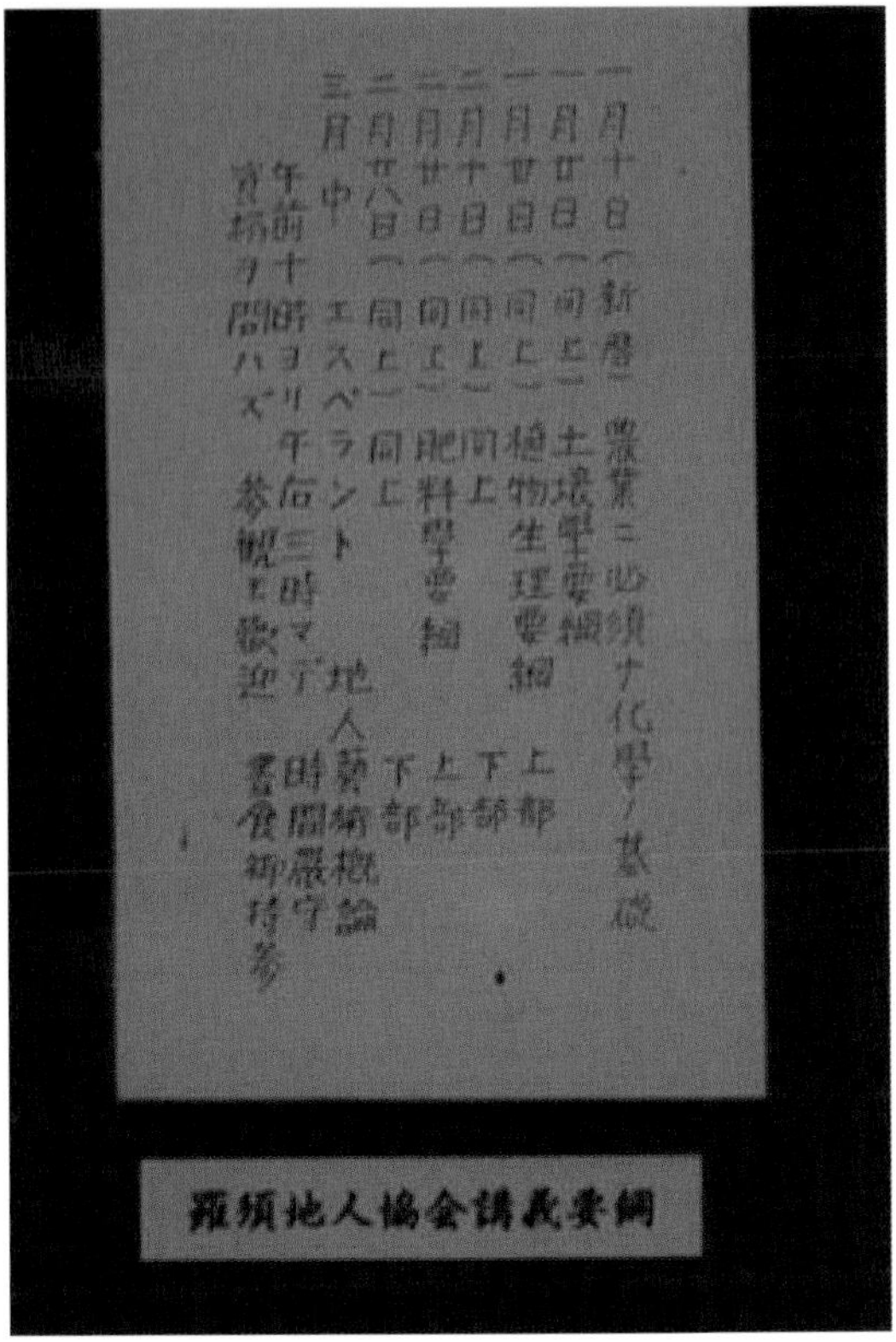

羅須地人協会の講義要綱―花巻農業高校に保存され、賢治が帳面に予定表を作っていたことが分かる。「地人芸術概論」の講義も入っている。

ガリ版刷りのコピーを、この度吉田先生が読んでの連絡だったのだ。吉田先生も、与蔵さんが余りにも直截に、賢治の農民芸術論の講義が「ウィリアム・モリスなどの言葉を引用し説明されました」とあったのに驚き、わが「館」にまずはメールで連絡となったそうだ。

「聞書」の内容は、「賢治先生と私」「桜の別荘」「羅須地人協会」「死ということ」「先生の怒り」など、一九二六年（大一五）四月から二八年（昭三）八月までの約二年半の協会活動を中心とする話題である。興味深いエピソードが取り上げられているだけではない。賢治先生が偶像化されず、実に生き生きと語られている。「賢治とモリス」の関係もそうだが、賢治とロシア革命やマルクス、エンゲルス、天皇制のことまで、賢治の思想が多角的に解明されるに違いない貴重な資料だと思う。

吉田先生の父上も菊池氏も、すでに九〇歳を越えた高齢者だ。お元気なうちに「聞書」をまとめて公刊する必要があるだろう。賢治研究やモリス研究にとっても大事なのだ。一一〇年前、モリスが死んで、その年に賢治が生まれた。生まれ変わりのような二人の天才が、環境芸術、地人芸術、そしてアート&クラフト運動、つまり手作りの技能と工芸の復権に、今日どのように生かされるか。「聞書」の資料的価値は極めて大きいと思う。

「農民芸術概論」のW・モリス

賢治の童話は、日本の子供たちなら、ほとんど皆読んでいると思う。少年時代、戦前の話だが、父親に勧められて「風の又三郎」「銀河鉄道の夜」を読んだ記憶がある。また、「風の又三郎」の映画を見た記憶も残っている。東京・中野の場末の薄暗い映画館に特有な匂いまで思い出す。

「農民芸術概論」を読んだのは、ずっと後のことだ。賢治の詩や和歌を読んでいた時、「農民芸術の興隆」の部分から、強い衝撃を受けた。「これは只事ではない」というショック、「芸術をもてあの灰色の労働を燃せ」、誰が、何が、なぜ賢治に、このような叫びを上げさせたのか？　経済学を学び、A・スミスやK・マルクスの労働価値説を専門的に研究してきただけに、そう容易に読み逃せるものではない。スミスの「骨折り・苦痛」toil & trouble やマルクスの労働疎外、そして人間疎外論の根底にある問題が、賢治によって鋭く提起されているのではないか？

賢治から、重大な問題提起を受けて、間もなくW・モリスが賢治に問いかけていた事情を学んだ。モリスは、マルクスの『資本論』を、当時まだ英訳がなかったので、苦心の末フランス語訳で二回も読んだらしい。マルクスからモリスへ、人間疎外の根底の労働疎外が理論化され、さらに賢治の「地人芸術」の実践による疎外からの脱却へと高められる。具体的には、賢治「農民芸術概論綱要」の序論に続く「農民芸術の興隆」の章には、メモ用の書き込みがある。そこでは二ヵ所モリスに触れている。具体的に紹介する。

1　「いまわれらにはただ労働が　生存があるばかりである」
ここには、「Wim. Morris 労働はそれ自身に於て善なりとの信条　苦楽　苦行外道」

2　「芸術をもてあの灰色の労働を燃せ」
ここでは「芸術の回復は労働に於ける悦びの回復でなければならぬ
Morris" Art is man's expression of his joy in labor."
労働は本能である　労働は常に苦痛ではない　労働は常に創造である
創造は常に享楽である　人間を犠牲にして生産に仕ふるとき苦痛となる
トロツキー」
さらに続けて「Morris ◎明らかに有用な目的　休息自らの創造　生産／
時間の交易物は自ら造れ　変化　能力の発展　環境の楽しいこと
好める伴侶あること」

以上、全くの講義用メモに過ぎないとも言える。しかし、賢治らしい鋭い表現で論旨が伝わってくるように思う。賢治は、芸術と生産を対比しながら、労働と人間疎外を論じている。マルクスからモリスへの転回を抜きにして、この賢治による「労働」把握はありえない。モリスの芸術思想が、鋭敏な賢治の言語表現を通して迫ってくるではないか。

さらに今回、与蔵さんの「聞書」を読めば、賢治が羅須地人協会の活動の中で、働くことは家族や地域など、

「はた」＝傍を楽にすることだ、とじつに平易に説明している。スミスの自愛心から他愛心へ、利己心の個人主義・自由主義から利他心の社会主義・協同主義への労働観の転回の思想が語られている。そして、その労働の転換から「芸術をもてあの灰色の労働を燃せ」の叫びが生まれたのだ。

国際研究大会に参加して

生誕一一〇年、花巻で開催された第三回の「宮沢賢治国際研究大会」に参加した。初めての参加だし、八月二十五―二十七日のうち二十六日のみだが、さすが賢治である。フランス、アメリカ、韓国、中国、インド、ポルトガル、ロシア、ポーランド、ベトナム、さらに日本全国、各地から多数の参加があった。賢治研究の多様性とともに、研究の層の厚さには驚くばかりだ。「賢治童話における『異界』と『境界』」、「想像力の源泉としての中国の仏像」「『銀河鉄道』を原作とした映画『夜のうつろい』」など、高度な研究の深みに畏怖さえ感ずるものがあった。

　にもかかわらずシンポジウム「世界からみたイーハトヴ」は、いささか期待はずれだったと思う。キーワードとして「北」と「注文」を提示した基調報告、上記の中国の仏像研究、「夜のうつろい」など、パネリストの報告も素晴らしかった。しかし、シンポ全体をまとめた時、焦点は絞られないまま、個別の報告の集合に終わったことは残念だと思う。とくにタイトル「世界からみたイーハトヴ」から、ユートピアンとしての賢治像、そして願うならＷ・モリスや農民芸術にも触れられることを待望していたが、一切触れずじまいに終了したのはなぜだろう。

　国際シンポの困難さはあったに違いない。パネリストの集め方、打ち合わせの困難さ、言語の問題もあろう。しかし、賢治研究が童話、詩など文学作品を中心に多様化が進み、研究は細部に深められている。日本の作家で、

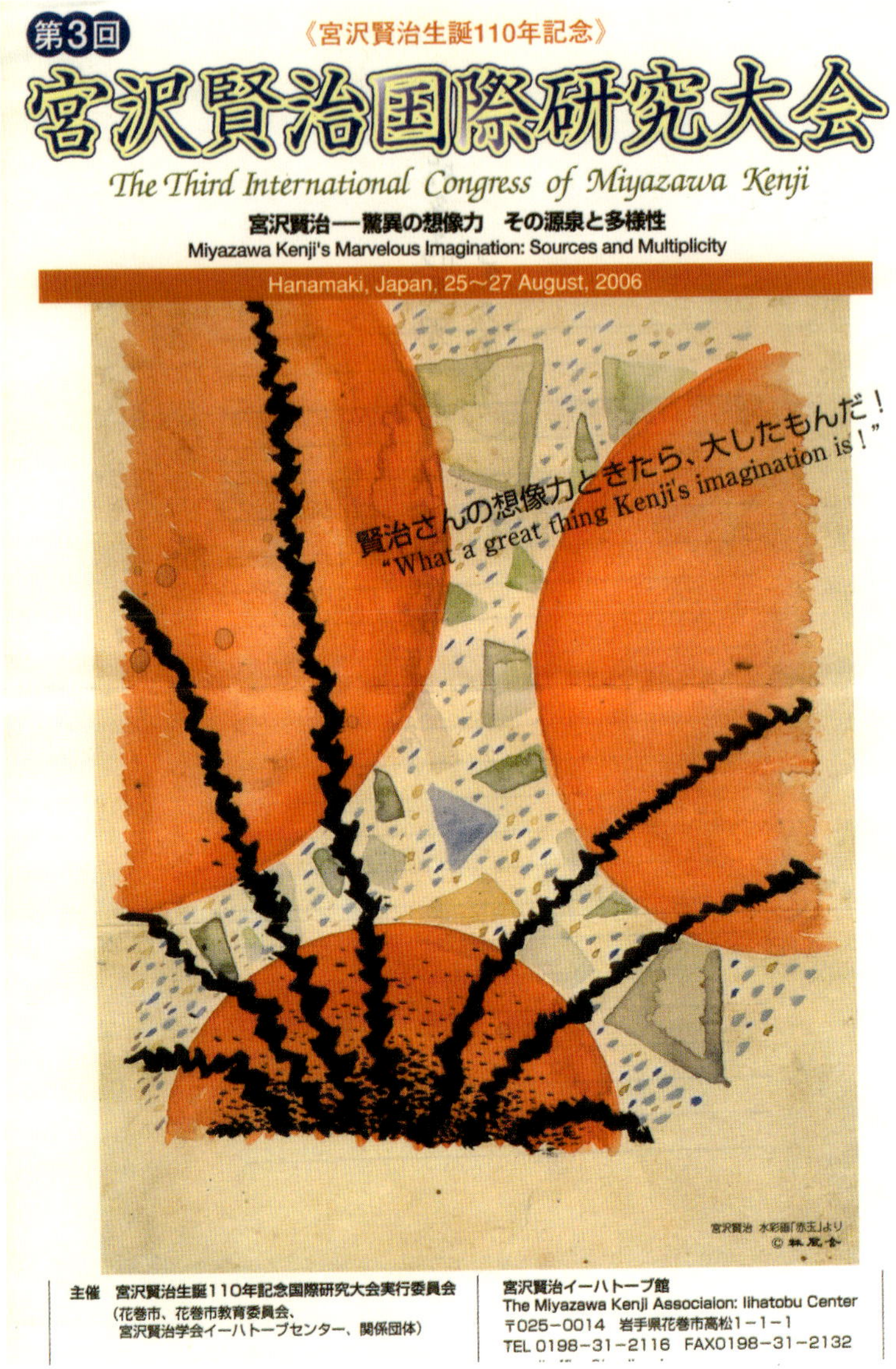

06年の第三回「宮沢賢治国際研究大会」のパンフレット、生誕110年を記念して賢治の「脅威の想像力」が強調されている。

賢治ほど多数の研究者の層を集めている作家は少ないと思う。それだけに研究の対象が、詩や童話など文学作品に集中し、偏りが見られはしないか？　心象世界に閉じ込められてはいないか？　文学の外からは、立ち入りがたい研究の壁が自然に築かれているようにも感じてしまう。ましてや花巻の人々、とくに羅須地人協会に関係のあった人達から見れば、やはり「手の届かない遠い存在」として賢治研究が進むことに、ある種の疎外感を深めることにも繋がる。

言うまでもない。賢治は偉大な文学の天才だ。しかし、盛岡高等農林の優等生だし、農業技術者だ。そして、花巻農学校の教師だったし、教育者なのだ。さらに、羅須地人協会の実践活動家でもあった。そこでは社会改革者であり、イーハトヴの理想を掲げたユートピアンではないのか。むろん病魔と闘い敗れた孤独な絶望もあった。しかし、「雨ニモマケズ、風ニモマケズ」の地人への夢を抱き続けた死なのだ。そして、ユートピアンの夢を「アート＆クラフト」運動の創始者Ｗ・モリスの芸術論、社会思想から学び、その継承に人生を賭けたとも言えると思う。

「世界からみたイーハトヴ」には、一一〇年前の「モリスの死から賢治の生への継承」を見逃すべきではないと思うのだが。そんな感想をもった今回の「国際研究大会」参加だった。

「羅須地人協会」の羅須の意味

多くの来訪者から、よく「羅須地人協会」の羅須とは、どういう意味か？　との質問を受ける。賢治は生前、花巻の町が「花巻」というように、「羅須の語の意味は何も無い」特別の意味は無い、と答えていたそうだ。そう答えるのがいいと思うものの、賢治記念館でもいろいろ説明されている。原子朗著『新宮沢賢治語彙辞典』にも、内外の研究者による諸説が紹介されていて、二〇位の説明に分かれている。それぞれ根拠付けがあって面白い。わが「館」との関連では、モリスの芸術観・社会観は、とくに労働については、先輩のＪ・ラスキンの学説を受け継いでいる。だからモリス・ラスキンの思想だ。賢治は、農民芸術概論との関連から、ラスキンのラス・羅須とした、との説もある。それならラスキン・モリスをつづめて、ラス＝羅須でも良さそうに思うのだが？

今回、桜町での二世座談会では伊藤貞子さんから説明があった。協会メンバーだった伊藤克己さんからの説明として、Lath「塗り壁下地に使う金属性の網」のことで、「土が壁に塗り固められるように、地域の農民たちが団結して力を合わせること」と聞いたそうだ。とすれば、羅須は地人と一体の表現であり、まさに土地・地域に根ざし地縁の網・ネットワークを意味することになるだろう。協会の発足時に、「どんな名前にするか？」いろいろ話し合ったそうだが、ラスキン・モリスなどと変に考え巡らさずに、地域の生活の身近なところから、Lathのように地縁の共同体として羅須地人協会を考え、命名したのが本当だろう。

なお、上記『新宮沢賢治語彙辞典』によると、Lath・羅須説は、宮沢家の主治医に当たる佐藤隆房氏の『宮沢賢治』に出てくる説明とのことで、「英語のLath（壁の漆喰の支えにする木摺とか木舞）のことで、つまり農民の支柱の意とする」と記載されている。ただ、伊藤貞子さんの説明、さらに『建築用語辞典』などを調べると、Lathは「一般には金属製のラスをいう」とある。いずれにせよ賢治たちは、地人の地縁のネットワーク、地域共同体を目指して羅須地人協会を組織したのではないか。「美しいムラ、新しいムラ」づくりを目指していたに違いない。

伊藤克己さん、与蔵さんたちの羅須地人協会は、賢治の病気などもあり、わずか二年半の短命に終ってしまった。しかし、今も二世たちが集まり、賢治祭など、多くの賢治ファンの心に生き続けている点では、羅須地人協会は「漆喰壁」のように時空を越えて、賢治流「四次元のコミュニティ」として活動しているように思うのだが。

さらにもう一点、より重要だと思うのは、「地人」という表現だろう。賢治は「協会」の講義では、「農民芸術」

ではなく、「地人芸術」という表現を用いている。農民より広い意味で「地人」だとすれば、農民だけでなく、農民など広く地域に根を下ろした人々、地域人としての「地人」ではないか？　この「地人」に対して、都会の人々が「都人」である。そこで、賢治の地人としての都人への訴えとして、「農民芸術の興隆」の次の一節があるように思うのだが、どうだろうか。

芸術をもてあの灰色の労働を燃せ
ここにはわれら不断の潔く楽しい創造がある
都人よ　来ってわれらに交れ　世界よ　他意なきわれらを容れよ

なお、「地人」だが、『広辞苑』にも見当たらないが、明治二十年代に内村鑑三の『地人論』がある。(*) それを念頭に置いたようにも思われるが、『農民芸術概論綱要』の中に、次の表現がある。「農民芸術の本質」の項で、「農民芸術とは宇宙感情の　地人 個性と通ずる具体的なる表現である」、ここでは「地人」が農民芸術の主体として捉えられ、特別な意味が込められているように思う。

ただ、「農民芸術の本質」の項は、「農民芸術の興隆」の項のように、W・モリスなどからのメモ書き込みがな

岩波文庫にも入っている内村鑑三『地人論』、賢治が内村の地人論から「地人」のタームを活用したか否かは不明である。

い。したがって「地人」と「都人」の関係は不明だが、全体の流れとして「地人」から「都人」への訴え、アピールとして読めるのだが、どうだろう。また、「地人」を羅須地人と読むなら、地域共同体の人々だろう。「都人」は都市住民であり、市民である。市場経済に取り込まれたA・スミスの「商業的社会」としての市民社会に対して、賢治は地域共同体に生きる「地人」社会を対置したようにも読めるだろう。

いずれにせよ、賢治の「イーハトヴ」、そして羅須地人協会の活動は、今二一世紀に「市民社会」を超えるための力強いメッセージではないだろうか。

＊ 内村『地人論』は一八九四年（明二七）に『地理学考』として刊行、その後書名が変更された。世界歴史と世界地理を東洋文明から総合しようという意図で書かれた。

第四章　「賢治・モリス問題」の解決

農民芸術概論の講義ノート

賢治の作品では、『注文の多い料理店』『春と修羅』など、自らの責任で出版されたものは多くない。とくに「農民芸術概論」は、原稿も戦災で焼失、しかも「農民芸術論綱要」、さらに「農民芸術の興隆」の章だけに講義用メモと思われる「書き込み」があった。関連資料は豊富だが、こうした複雑な事情が賢治研究に影響することにもなる。

K・マルクスには、『資本論』のまえに『経済学批判』があり、そのための「経済学批判要綱」があった。その発見で研究が深められると同時に、混乱が生じたことも否めない。いまも混乱は続いている。A・スミスも生前、自らの責任で出版したのは『国富論』『道徳情操論』の二冊だけ、しかし死後「グラスゴー大学講義」が、聴講学生のノートから刊行をみた。人間の利己心・自愛心と利他心・他愛心をめぐる「アダム・スミス問題」も提起され、研究が大きく深められた。しかし、学生のノートはノートに過ぎない。著者が責任を持った著作ではない。別の学生の別のノートも存在する。ノートの取り方で内容も違ってしまう。

「農民芸術概論」にも「綱要」があり、「書き込み」がある。さらに花巻農学校に併設の国民高等学校での講義、羅須地人協会での講話もあり、それぞれ聴講の学生たちが「自由」かつ「個性的」にノートを取った筈である。ノートが発見され、学生たちからの「聞書」も出てくる。ノートや「聞書」が公表され、賢治研究が深まり、さらに広がりをみせよう。有益なことだ。

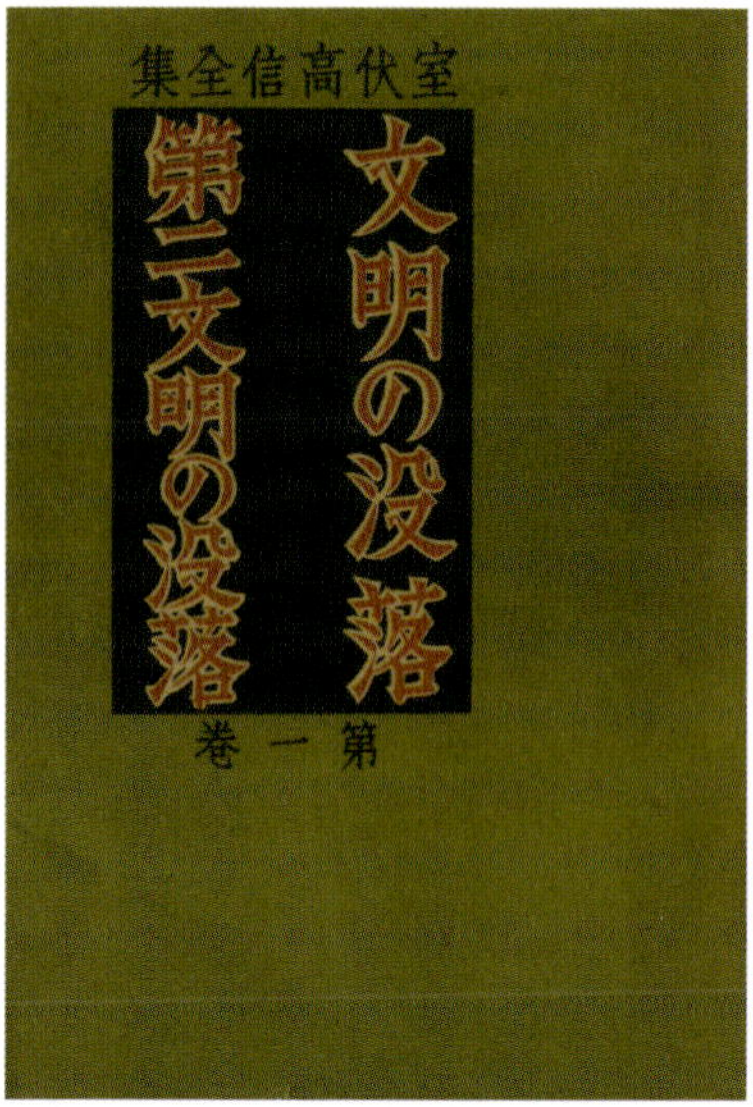

室伏高信の『文明の没落』は、『第二文明の没落』と一緒に全集の第1巻に収められている。もともとは1923年（大12）に発表された。

ノートとしては、「岩手国民高等学校生徒伊藤清一の受講ノート」がある。一九二六年（大一五）一月三十日の第一回から同年三月二十三日まで約一二回の講義であり、伊藤清一氏が極めて真面目な学生で、熱心な優等生ぶりが偲ばれるノートだ。ただ、このノートについても、菊池忠二氏の紹介したものと、佐藤成氏のものとでは、若干の差異がある（*）。モリスについては、三月五日の講義で「農民芸術の興隆」がテーマになり、「芸術をもてあの灰色の労働を燃せ」に関して、「労働を楽しくする方法」として「ウイリアム・モリス案」が紹介されている。さらに「ここにはわれら不断の潔よく楽しい創造がある」についても、「モリス曰く、芸術とは人の労働に於ける喜びの表現である」として、さらに「創造者は苦境を楽境にするのである」などと述べている。

賢治は、労働については、もっぱらモリスを中心にして論じていることは明白だが、「労働を楽しくする方法」として、ノートでは「ラッセル曰く」「室伏高信氏曰く」と両説を紹介している。問題は室伏高信氏の所説の紹介だが、賢治自身の書いたメモ書き込みには、別の箇所に室伏氏の名前が出てくるものの、肝心の「労働を楽しくする方法」の箇所には出てこない。おそらく賢治が講義のときに紹介しただけだろう。しかし、ノートではモリスと室伏氏が一緒に並べられたことが、モリス―賢治の関係にある種の誤解を生み、かつ曲解を持ち込むことになってしまったのである。

＊　講義ノートについては、菊池忠二『私の宮沢賢治散歩』上下（〇六年刊）、および佐藤成編著『宮沢賢治―地人への道―』（一九八四年川島印刷刊）を参照されたい。特に菊池氏の著作は、多年にわたる関連資料の収集、聞き取り調査など、丹念に積み重ねられた労作であり多くの示唆を受けた。また、伊藤与蔵さんの「聞書」にも眼を通され、「天皇制」に関する賢治の考えについて、十分説得的かつ示唆に富んだ考察を加えられている。佐藤氏の著作は、長く花巻農高に勤務されての詳細、綿密な資料や経験に裏付けられた賢治研究であり、氏の著作『宮沢賢治の五十二箇月』とともに多くの教示を受けた。

「賢治・モリス問題」について

最初に「農民芸術概論」を読んだ時、大変な感動、深い感銘を受けた。それはショックに近いものだった。まだ不勉強で、W・モリスと賢治の関係には気づかなかったし、知らなかった。それだけにショックも大きかった。学生時代から長く経済学徒として労働価値説を学び、労働疎外や人間疎外を考え続けてきた者としては、とくに賢治の提起している「芸術と労働」「知識と労働」「科学と芸術」などへの論及は、実に新鮮、かつ強烈な衝撃となった。工業化社会からポスト工業化へ、知識社会への転換を迎えただけに、ここは賢治とともに労働と知識、芸術の関係、さらには技術と技能の関係なども考え直すべきではないか、こんな強い衝動を感じて仕舞ったわけだ。

それにしても賢治は、誰の、何から、こんな新鮮な、重大な問題提起を受け止めることになったのか。A・スミスやR・マルサス、そしてK・マルクスなど、経済学の学説の流れを勉強してきた「習い性」であろうか？　賢治の前に誰が、そして何が？　彼の問題関心を刺激し、天才的な感性に訴えたのか？　モリスその人であることは、「農民芸術の興隆」の章、賢治自身のメモ書きから、すぐ知ることが出来た。モリスから賢治へ、十九世紀の英「アート・&クラフト運動」の流れが、賢治により、日本の東北の地に流れ込んでいたのだ。心が躍る発

モリスのアート＆クラフト運動は、ロンドン「芸術ギルド協会」などに継承されている。わが国では賢治もそうだが、柳宗悦(1889－1965)などの民芸運動に大きく影響した。

見だった。

「農民芸術概論」を素直に読めば、そこにモリスを感じ取ることが出来るし、賢治とモリス二人の天才の結びつきも分かるはずだ。その点では、「羅須地人協会設立に先立って農民芸術概論を起草した。……そのメモには〈芸術の回復は労働に於ける悦びの回復でなければならぬMorris.〉とある。農民芸術概論は、農村における演劇や音楽、踊りといった芸術の回復にとどまらず、農作業そのものが楽しく愉快である世界、生活全体が一つの芸術である社会を目指したものである。すなわち、イーハトヴはラスキン・モリスの流れを汲む一つのユートピアである」（中谷俊雄）、この見解が極めて自然な受け止め方だと思う。さらに与蔵さんの「聞書」も読めば、もっと直截に理解できよう。

だが、このモリスから賢治への直接の流れに対して、ある種のイデオロギーによる曲解が、まつわることになった。まことに不幸なことだが、「賢治・モリス問題」と呼べるかも知れない。

二〇〇六年が賢治生誕一一〇年、モリス没後一一〇年だったが、花巻で第三回の「宮沢賢治国際研究大会」が開かれた。そのシンポジウム「世界から見たイーハトヴ」では、モリスには残念ながら一切触れられることなく終わってしまった。不思議でもあった。なぜだろう？　賢治が日本の東北が生んだ国際的ユートピアンだとすれば、モリス―賢治の流れに、少しは眼が向いても良いのではないか？　そんな素朴な疑問を拭えなかった。

念のため、この「国際研究大会」の第一回から第三回までの記録集など、ざっと眼を通してみた。ほとんどモリスの名は出てこなかったが、わずかに第二回の記録集では「賢治のコスモス―W・B・イェイツ、ウィリアム・モリスとの関わりを中心に―」（佐藤容子）の研究発表が収録されていた。論旨は、「これまでモリスの社会主義者としての側面が、賢治の羅須地人協会の活動との関わりで多く取り上げられてきたわけですが、童話・戯曲を含めた賢治の作品、ことにその詩を理解するには、むしろイェイツとの共通性に着目するのが興味深いのではないだろうか、というのが私の考えです。」

イェイツ―賢治の流れは極めて興味深い論点提起だろう。労働"labor"についての論及も面白い問題提起だが、イェイツについては不勉強、かつ専門外なので残念ながら言及できない。ただ、ここでモリス―賢治について、「農民芸術概論」が次のように整理、紹介されている。「賢治・モリス問題」を理解するのに適切な紹介なので、引用させて頂こう。

これまで賢治とモリスの関わりについては何度か取り上げられることがありましたが、それはまず、今日伝わる賢治の「農民芸術の興隆」において、モリスの芸術を「労働に於ける悦びの表現」とみる考え方に言及がなされていることがよりどころであったと思います。伊藤清一が大正十五年（一九二六）、花巻農学校に開設された国民高等学校で、賢治の講義「農民芸術概論」を受講し筆記録を残しておりますが、これらの資料をもとにして判断すると賢治が直接典拠としたのは、当時健筆をふるっていた評論家室伏高信の『文明の没落』の記述であるとされます。一方でモリスの『ユートピアだより』が『理想郷』という題名で既に明治三十七年（一九〇四）に初めて邦訳されていることから、賢治がこの作品を読んでいた可能性も指摘されています。

「A・スミス問題」もそうだが、講義ノート、聴講ノートが死後発見され、その解釈によって論争が発生した点で、まさに「賢治・モリス問題」である。とくに論争が、室伏高信『文明の没落』が直接の典拠か否か、をめぐるものだとすると、多分にイデオロギーの対立も絡んでくる。室伏氏が時流に乗る天才的アジテーターであり、戦時下は右翼・軍国主義に転向、戦後は民主主義、左翼として若者を扇動した変節漢である。それを「直接典拠」とした宮沢賢治、「農民芸術概論」、さらに「羅須地人協会」の活動も、イデオロギー的に排除される。ついでにモリスも影が薄くなって無視される。とすると、ここで「賢治・モリス問題」を避けて通るわけにはいかなくなる。

室伏高信「賢治・モリス問題」

賢治の「農民芸術概論」は、とくに労働と芸術を中心に、モリスから多大な影響を受けていることは、少しでもモリスの芸術論を学べば、ごく自然に感じ取ることが出来る。与蔵さんの「聞書」が、それをはっきり証拠付けたと思う。むしろ賢治「農民芸術概論」全体が、モリスなどアート&クラフト運動に基礎付けられているといっても、それほど言い過ぎではないと思う。宗教との関係では、たしかに日蓮宗など仏教との関わりを否定できないだろう。それでもモリスなど、もともと聖職を志していたのであり、宗教への深い造詣抜きに、モリスの芸術論も、労働論もあり得ないことなのだ。

にもかかわらず「賢治・モリス問題」が提起されたについては、以下のような事情が大きいと思う。

1　「農民芸術概論」が、『注文の多い料理店』のように賢治自身が出版できないで、草稿のまま戦災で焼失してしまったこと。

さらに「綱要」があり、第2章「農民芸術の興隆」にのみメモ書きもあること。

2　「概論」が花巻農学校や羅須地人協会での賢治の講義用草稿であり、聴講生のノートが存在すること。
賢治のメモ書きと聴講生のノートでは、モリスに関して、若干の差異が認められること。

3　聴講生のノートでは、「芸術をもてあの灰色の労働を燃せ」の箇所に、モリスだけでなく室伏高信の書名も出てくること。
念のため、賢治のメモ書きそのものの該当箇所には室伏の名は出てこない。

確かに室伏氏は、イデオロギーの面では左翼から右翼、さらに戦後は左翼に転向を繰り返した点では変節漢だろう。しかし、その時代において、かれは大衆に大きな影響を与え、優れたアジテーターだし、ある種のポピュリストだったと思う。正直なところ、筆者も中学から高校の時代（小田原中学・高校）終戦直後の民主主義高揚期、室伏氏の著作から大きな感銘を受けた。室伏氏が小田原に近い湯河原の出身だったこともあり、周囲に室伏ファンが多かったと記憶する。そのさい、戦前から左翼的な思想の持ち主だった両親から咎められたことを思い出す。「だから賢治も」とは言わないが、室伏氏の著作が昭和初年も人気を博していたし、賢治もそれを読み、生徒の関心を惹く意味でも、講義で利用したことは大いにありうることだ。生徒の一人、伊藤青年が生真面目にノートして書き留めたことも、またありうる話だと思う。長い教師生活の経験からすれば、教師の講義と聴講生のノートの関係は、そんなものだろう。資料としてノートを利用するときの限界だろう。とすれば、賢治自身の「メモ書き」には、室伏氏とモリスが一緒には出てきていない点こそ重視すべきではないか？

さらに賢治が、モリスを読まずに室伏氏からの「孫引き」で済ませていた、という解釈があるとすれば、それは曲解に近い憶測だろう。与蔵さんの「聞書」からしても、賢治はモリスを直接受け止めていたと思うし、明治から大正にかけて、芥川龍之介など、多くの文学者がモリスを読み、かつ研究していたことを想起すべきだ。賢治も知識人の一人として、同様な立場にいたと思う。モリスの日本への影響の点では、文学や思想の面では、戦前のその時期のほうが、戦後よりずっと著しく強いものがあったのだ。戦後日本のモリスは、工芸デザイナーの面だけが、余りにも偏って受け入れられているのではないか？　「賢治・モリス問題」の正しい解決により、賢治研究は無論のこと、モリス研究もより広い視覚から深められるに違いないと思う。

モリス「民衆の芸術」の継承

「館」の来訪者の質問もそうだが、賢治へのモリスの影響、とくにモリスのどの著作が賢治に影響したか？よく質問される。すでに指摘したが賢治の『農民芸術概論』、その「綱要」、とくに「農民芸術の興隆」の「書き込み」には、モリスの名前だけでなく、「芸術の回復は労働に於ける悦びの回復でなければならぬ　Morris "Art is man's expression of his joy in labor."」も引用されている。モリスからの影響は動かし難いことだし、さらに「書き込み」の農民芸術に対する賢治の考え方、とりわけ労働観は、モリスの考えそのものだと思う。

ただ、『概論』は未発表のレジュメだし、モリスの名もメモ風の「書き込み」に出てくるだけだ。それ以上のことは、自らが墓場に入ってから、賢治に直接聞き質すほかない。あくまで状況証拠ともいえる資料を集めて判断することが必要だろう。与蔵さんの「聞書」も、そのひとつの証拠だが、それにより賢治がモリスそのものから、広く労働観を中心に農民芸術を羅須地人協会で講義していたことが、一層具体的に明らかになった。状況証拠を、もう少し探して集めてみよう。

モリスは、一八七九年にバーミンガムの「芸術協会」「デザイン学校」で講演した。そのタイトルは、"The Art of the People"「民衆の芸術」だった。その中で、モリスはイギリスの村落の職人たちの手作りの仕事に触

現代に生きるアート＆クラフト運動の作品、ロンドンのＶ＆Ａ美術館近くのホテル「ギャラリー」には「モリスの部屋」がある．モリスの家具や壁紙、カーテンなどが使われている。

れながら、こんな説明をしている。

毎日、槌は金敷の上に鳴り、ノミは樫の梁の上におどり、そこから何らかの美と独創の生まれない日はなかった。したがって、なんらかの人間の幸福のない日はなかった。

……この最後の言葉は、諸君にお話するためにここに私の来た目的の核心へと私をみちびく。私は諸君に誠心誠意、それについて考えていただきたい。

その上で、次のように述べる。

私の理解する真の芸術とは、人間が労働に対する喜びを表現することである。その幸福を表現しなければ、人間は労働において幸福であることはできないとおもう。特に自分の得意とする仕事をしているときには、この感が甚だしい。このことは自然の

イギリス、コッツウオルズ地方のチッピングカムデンにあるクラフト・ギルド工房、NHKのBSハイビジョンでも紹介されたが、今もギルド職人が働いている。

最も親切な贈物である。（中橋一夫訳、岩波文庫）

ここには、モリスの労働論、芸術思想、さらに環境芸術の考えが凝縮されて述べられている。そして、モリスからの賢治の引用は、「真の芸術とは、人間が労働に対する喜びを表現することである。」念のために英文も挙げておくと、「real art is the expression by man of his pleasure in labor」少し字句に違いがあるが、表現はほとんど同じである。

モリスの同じような意味と表現は、他にも出てくるもので、いわばキャッチフレーズになっていたとも言える。一八八四年、マルクス『資本論』を初めて読んだあと、オックスフォードのユニヴァーシティ・カレッジで「芸術と民主主義」（のち「金権政治下の芸術」に改題）という有名な講演をした。この講演で、モリスは先輩のラスキンの前で、自ら社会主義者であることを公言した。そして、労働と芸術の関連を述べ、ラスキンの所説を要約しながら「芸術の回復は、労働の於ける悦びの回復でなければならぬ（Art is man's expression of his joy in labor）。若しこれがラスキン教授の直接の言葉でないとしても、少なくとも教授の芸術に於ける定義を体現したものである。これより重要な真理は、いまだかつて述べられたことがない」と力説した。

こうした講演が、ラスキンからモリスへの労働観、「労働の芸術化、芸術の労働化」として、かなり一般化していたのだ。たとえば、モリスの講演集などの翻訳もある本間久雄氏も、「ウィリアム・モリスは〈芸術とは、吾々の労働の中に醸される快楽の表現である〉と云ったが、実際至言である」（『生活の芸術化』）と紹介している。モリスの至言、名言として一般化し、多くの論文に紹介されていたわけだ。

なお、この「民衆の芸術」は、最初のモリスの講演集『芸術の希望と恐怖』に収められ、わが国でも一九二二年（大正一一年）に翻訳紹介されている。さらに、モリス芸術論の代表的論稿として、翌年にも、別の訳者によっても訳出されたのであり、戦後も一九五三年、上記の中橋訳として岩波文庫にも収められた。だから、モリスの芸術論としては、ごく普通に一般的なフレーズとして流布され、賢治も「書き込み」に引用したのであろう。また、「芸術と民主主義」も、「金権政治下の芸術」のタイトルで、同時に翻訳紹介された。

ついでに触れておくが、室伏高信『文明の没落』でも、「ウキリアム・モリスは芸術をもつて労働における喜びの表現―Art is man's expression of his joy in labor というた」と引用している。賢治は、『文明の没落』を読み、引用もしていたから、このフレーズについては、室伏のものを借用したのかもしれない。しかし、室伏はA・スミスやW・ゴトキンなど、労働と芸術についての諸説を多数引用紹介する中で、特に引用箇所の原典も指摘せずモリスの一句を挙げているだけなのだ。また、モリスの芸術論に特に立ち入って検討しているわけでもない。

いずれにしても賢治は、当時すでに翻訳紹介されていた「民衆の芸術」など、さらに堺利彦が紹介した『理想郷』なども広く参考にして、「農民芸術概論」を構想したものと思う。だから「農民芸術の興隆」の「書き込み」でも、さらに賢治は「労働はそれ自身に於て善なりとの信条」など、モリスの芸術論の内容に踏み込んでいる。「明らかに有用な目的　休息自らの創造」など、芸術と労働の関係が多角的に論じられているのだ。少なくとも「農民芸術概論」、そして羅須地人協会の活動は、モリスの芸術思想・社会思想の影響が大きいと見るべきだろう。(*)

＊　賢治がモリスの文献に広く当たっていた点については、マロリ・フロム『宮沢賢治の理想』（一九八四晶文社刊）を参照のこと。「農民芸術概論綱要」について、詳細な実証的研究を試みた力作である。

日本でのモリスの翻訳

モリスの代表作の一つが『ユートピアだより』であり、すでに述べた通り堺利彦の抄訳『理想郷』のタイトルで一九〇四年（明三七）に出版された。モリスの死後まだ八年しか経っていない。詩集や文学書でなく、思想書が最初に翻訳されたのも興味深い。『理想郷』は、一九二〇年（大九）に再版されたが、大正デモクラシーの高まりの中で、思想書のブームが訪れたことと深く関係するだろう。

明治末期は、幸徳秋水などの大逆事件もあり、思想弾圧が厳しく、思想的には冬の時代の逼塞状態が続いた。第一次大戦後、「戦後民主主義」とも言うべき大正デモクラシーが、思想の自由化をもたらした。その中で、モリスの芸術思想、社会思想も、あらためて日本に流れ込んだのである。堺の『理想郷』もそうした中で再版されたが、一部に伏字が入っている。モリスの思想ですら、すでに思想統制の網の中に入れられていたのだ。

しかし、大正デモクラシーの高まりの中で、モリスの伝記、デザイン、詩集などとともに、むしろ芸術思想、社会思想が集中的に翻訳、紹介されることになった。例えば「日本モリス文献」としては「社会思想方面の紹介

「館」所蔵のステンドグラス、モリスのアート＆クラフトを家具として再生させる小芸術の意味が大きかった。モリス商会の関連作品と推定される。

が断然優勢で文学方面工芸美術の方面は甚だ寂寥たるものである」とされ、時期的には「大正年代の後半期に最も盛んに紹介された」（「文献より見たる日本に於けるモリス」『モリス記念論集』所収、一九三四年、九六年復刻）と解説されている。まず、先述の堺による『理想郷』は抄訳だったが、全訳として布施延雄『無可有郷だより』（一九二五年大一四）、続いて村上勇三『無可有郷通信記』（一九二九年昭四、世界大思想全集第五〇巻）も出版された。さらに、モリスの講演集も、この時期に集中的に翻訳紹介されている。モリス・ブーム[*]だ。

モリスは、自らも社会主義者を自任するようになった一八七〇年代末から、イギリス各地で講演した。「民衆の芸術」もその一つだが、まず一八八二年『芸術への希望と恐怖』、八八年『変革のきざし』、死後一九〇二年『建築・産業・富』の三つの論文集としてまとめられ、刊行されている。わが国でも、それらが大正期に入って、次々に翻訳紹介された。主要なものは、ほとんど翻訳され

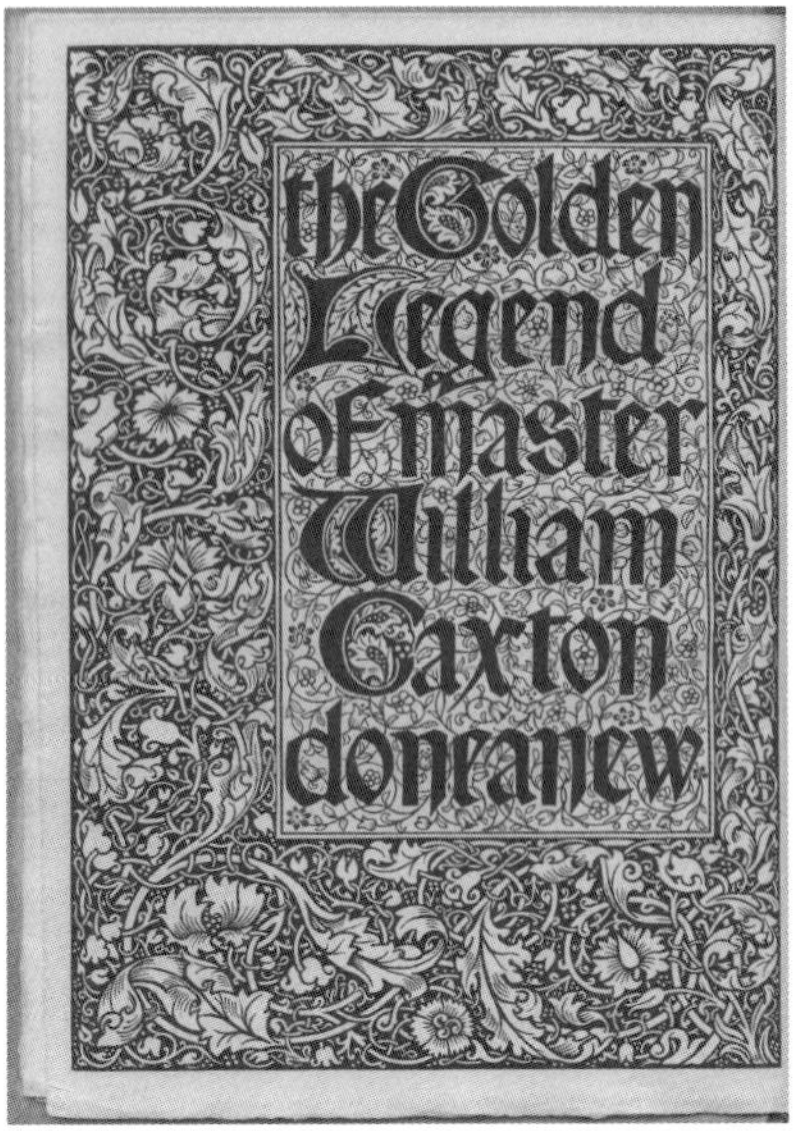

「館」所蔵のモリス『黄金伝説』全３巻の原本タイトルページ。ケルムスコット・プレスより1892年に刊行された。モリスの著作は多いが、みずから小芸術のひとつとして美しい本を製作・出版した。

たとみていい。時系列で追うと、次の通りだ。

①一九二二年（大一一）佐藤清『モリス芸術論』——三つの論文集の主要なものが訳出。上述の「民衆の芸術」「金権政治下の芸術」の二点も収められている。

②一九二三年（大一二）大槻憲二『芸術の恐怖』——上記『芸術への希望と恐怖』の全訳、のち一九二五年に『芸術のための希望と恐怖』として改題、改訳。

③一九二五年（大一四）本間久雄『吾等如何に生くべきか』——上記『変革のきざし』のうち四点が訳出。なお、一九二九年（昭四）に、『社会思想全集』第三一巻に三点が転載。

以上、賢治の「農民芸術概論」におけるモリスの受容、とくに芸術思想、社会思想に限定して、日本へのモリスの流れを追ってみた。賢治が一九一八年（大七）花巻に戻り、花巻農学校から羅須地人協会で活動する背景には、大正デモクラシーの波の大きな高まりがあった。そこには、今日からみると想像できない位、モリスの芸術思想・社会思想の強い影響があり、賢治もまたモリスの思想を全身で受け止めようとしていたはずだ。そうした時代環境から、賢治の農民芸術、地人芸術の独自の構想が生まれたとみることが出来るのではないか？　モリスから賢治へ、その流れを抜きにして「農民芸術概論」、そして花巻・羅須地人協会の賢治による実践活動を語ることは出来ないだろう。

＊　このようなモリスのブームの中で賢治もモリスの著作を読んだと思われるが、伊藤博美氏の推測では、賢治は布施延雄訳『無可有郷だより』を読んだ、とされている。時期的には、その可能性は高いと思われるが、確証がないので推測の域を出ないだろう。

第五章　宮沢賢治とロシア革命

賢治はロシア革命に批判的だった

一九一七年ロシア革命は賢治二一歳、盛岡高等農林三年生の時の事件だった。そして、一九二二年ソ連邦成立は賢治二六歳、花巻農学校の教諭だった。「農民芸術概論」を書き、羅須地人協会を設立、活動を始める四年前のことだ。では、モリスなど『ユートピアだより』の社会主義や芸術思想とロシア革命の現実が、賢治など多くの知識人の眼にどのように映り、どのように受け止められたか？

プロレタリア独裁の暴力革命、「労兵ソビエトと全国の電化」の社会主義の現実は、産業革命の工業化の資本主義を超えようとしていたモリスの「ユートピア社会主義」の夢とは、余りにもかけ離れた暗い現実ではなかったか？　知識人の間に動揺が走り、思想的混乱が生じたのも当然だったろう。東大文学部の卒業論文のテーマにモリスを選んだ芥川竜之介が、「ただぼんやりとした不安」という謎めいた遺書を残して自殺した。「ぼんやりとした不安」の背後には、ロシア革命とソ連邦の暗い現実があったという推測もある。決して根も葉もない憶測ではあるまい。

では、こうした思想界の混乱や動揺の中で、モリスの芸術思想、そして社会主義を受容・継承しようとしていた賢治は、ロシア革命をどう受け止めていたか？

与蔵さんの「聞書」には、「私は小ブルジョア」の項目がある。賢治はそこで「革命が起きたら、私はブルジョアの味方です」と言い切り、「私は革命という手段は好きではない」とも語っていた。彼が自分の出身階層が花巻の地主であり、いわゆる金貸し資本の小ブルジョアであることは、いわば客観的事実として率直に認めていたことであって、賢治らしい率直さだと思う。そしてプロレタリア独裁のテーゼでは、小ブルジョワが反革命の側につく。そこから賢治は、自らは客観的な階層的地位からすれば、反革命の立場に立たざるを得ないことを率直に語ったのだろう。

しかし、ここで賢治が「革命という手段は好きではない」と語っていることは、ロシア革命に対する不賛成の立場、反対の意思表示である。プロレタリア独裁の暴力革命の方式に、賢治がはっきり反対の立場に立とうとしていたことがわかる。モリスの著作は、今日イギリスでは「社会民主主義」の古典(*)に属しているが、そうした西欧社会主義・社会民主主義の思想的伝統の流れからすれば、レーニンのボルシェビズムは相容れないものだろう。賢治のロシア革命に対する明確な否定の態度表明は、モリスなどの社会主義の思想からは、むしろ当然ともいえる立場の意思表示だったのではないか？　「農民芸術概論」、そして羅須地人協会の運動を理解する上でも、極めて重要、かつ大事な論点提起だと思う。

すでにソ連が崩壊、ロシア革命の歴史的意義が否定された今日、あらためて賢治の苦悩とともに、モリスから賢治への社会主義の思想の流れを考え直す必要があるのではないか。

その意味で、与蔵さんの「聞書」を公刊する意義が大きいと思っている。

＊　例えば一九九六年刊行 "Democratic socialism in Britain: Classic Texts in Economic and Political Thought 1825-1952" の第三巻にモリスの "Selected Writings" が入っている。

エンゲルス『空想から科学へ』

マルクス・エンゲルスの著作の中で、最も多くの読者を獲得したのがエンゲルスの『空想から科学へ』だ。も

Bibliothèque de la REVUE SOCIALISTE
I.

SOCIALISME UTOPIQUE
ET
SOCIALISME SCIENTIFIQUE
PAR
FRÉDÉRIC ENGELS

Traduction française par
PAUL LAFARGUE

Prix: 50 centimes

PARIS
DERVEAUX LIBRAIRE-ÉDITEUR
32, Rue d'Angoulême, 32
1880

仏語版で1880年に刊行された『空想から科学へ』。モリスも読んだと思われるが、マルクスの次女ローラの夫、P・ラファルグのもとめに応じて小冊子にまとめたもの。

ともと『反デューリング論』という大部の著作の一部を独立させ、小冊子として普及したこともあろう。題名が良かったこともベストセラーの秘密である。さらにモリスも悲鳴を上げた難解なマルクス、とくに『資本論』などと違って、文章が読みやすいことも、多くの読者に歓迎されたと思う。エンゲルスは、天才のマルクスと比べるなら、まさに秀才なのだ。

マルクスは、ドイツのボン大学、ベルリン大学に学んだ法学博士である。エンゲルスは、企業家の息子で家業を継ぐため学歴はない。大学の講義をもぐりで聞いて勉強した独学家だ。しかし頭は切れるし鋭い。分かり易い文章で論陣を張った。天才マルクスと秀才エンゲルスは、稀にみる名コンビだと思う。マルクス主義は二人の共同作業の産物なのだ。まさにマル・エン全集である。

しかし、いかに二人の仲がよく、一心同体だったとはいえ、やはり独立した人格の持ち主だ。それぞれの家庭―エンゲルスは独身だったが―も別だった。二人の考え方の違いもある。例えば『ドイツ・イデオロギー』など共同著作でも、「どちらが何処を書いたか」の「持分問題」が持ち上がるわけだ。とくにマルクスの死と同時期に公刊された『空想から科学へ』（一八八二年ドイツ語版）は、マルクスが序文を書いてはいるが、エンゲルス独自の著作の性格が極めて強い。当時の社会主義をめぐっての論争の中で、エンゲルスの社会主義の考え方が、もっとも直截に原理的に展開されている。

そこでエンゲルスの社会主義論だが、次のようなシェーマで概括されている。

1、中世社会。小規模な個人的生産。生産手段は個人的使用に適合したものである。……

2、資本主義的革命。まず単純協業とマニュファクチュアによる工業への転化。……生産手段の大工場への集中。……社会的生産物が個々の資本家によって領有される。……

3、プロレタリア革命。プロレタリアートは公的権力を掌握し、……社会的生産手段を公的所有に転化する。……今や予定の計画による社会的生産が可能になる。……

要するに、中世封建主義は、私的（個人的）生産—私的所有

近代資本主義は、社会的生産—私的（個人的）所有

社会主義社会は、社会的生産—社会的（公的）所有

このような図式からは、資本主義社会の基本的矛盾も、「生産の社会的性格に対する所有の私的性格の矛盾」として設定される。社会主義は、この基本矛盾を止揚するのであり、次のように図式化されることになる。

1、生産手段の社会的所有＝国有化

2、社会的生産としての国家的計画経済

3、中央集権型国家による独裁＝プロレタリア独裁

こうしたエンゲルス流の社会主義が、マルクス・レーニン主義のドグマとして、唯物史観の定式にセットされ

た。歴史的現実としては、第　次世界大戦でのロシア帝国の敗北による革命であり、①軍の役割の大きい「労兵ソビエト」によるプロレタリア独裁、②重化学工業の基礎となる「全国の電化」による生産手段の国有化、そして③中央主権化されたクレムリン主導の指令型計画経済―このロシア革命によるソ連型社会主義が、さらに「歴史と論理」「理論と実践」「科学とイデオロギー」の三位一体の統一となり、「科学的社会主義」としてドグマ化されたのだ。(*)

* このようにエンゲルスによって定式化された「資本主義の基本矛盾」の設定が、とくに日本では広く一般化されてきた。また、マルクスの『資本論』にも、『経済学批判』時代の残滓ともいえる資本蓄積論での「否定の否定」などの論理などがある。しかし、こうした唯物史観のドグマは、宇野弘蔵『資本論と社会主義』に代表される宇野理論により、戦後厳しく批判されてきた。拙論も、宇野理論の立場によるものだが、ただ宇野弘蔵氏自身は、イデオロギー的抑制と時代的制約によると思われるが、ソ連に対する批判は必ずしも十分ではなかった。しかし、宇野の没後、ソ連は崩壊した。ソ連崩壊の重要な理由として、エンゲルス流の唯物史観のドグマがあった点を看過すべきではない。その点、拙稿「近代資本主義を超えて自然との共生が課題」（朝日新聞企画報道室編『どうなる社会主義』一九九〇年新興出版社）、また拙著『ソフトノミックス』（一九九〇年日本評論社）など参照されたい。

マルクス主義とモリスの立場

モリスの社会主義の思想は、とくにマルクスから強い影響を受けていた。それも晩年のマルクスからの影響であり、一八八三年に仏訳の『資本論』をノートをとりながら、二度も読んだ。これは、モリスが社会運動、とくに社会主義の運動へ参加したのが、かなり遅く一八七六年の「東方問題協会」での平和運動からだったこととも関連するだろう。その頃の社会主義論争、そして七〇年代後期マルクスの思想から直接影響を受けたわけで、遅れたために初期マルクスや中期の『経済学批判』の唯物史観の公式主義からは相対的に自由だったとも言える。

その点で唯物史観の公式が強かったエンゲルスの社会主義理論には、はじめから馴染めなかったかも知れない。(＊1)ただ『資本論』は難解だ。秀才の明快さが目立つエンゲルスの著作とは、まさに対照的かも知れない。マルクスの天才的頭脳の多面的な思考様式、ヘーゲル弁証法のロジック、イギリス経験論の伝統のモリスには難解だったのは当然だろう。娘のメイ・モリスに語っていた。「『資本論』の歴史的叙述の部分は吟味できたが、その偉大な労作である純粋な経済的理論を読むのには、頭が混乱してまったく辛かった」と書き送っている。これはモリスの頭脳が正常に働いていることの証明で、初めから「『資本論』が楽しく面白く読めた」という人がいたら、それこそ異常な頭脳の症状だと思う。難解ながら二回も読み、しかもロバート・オウエンの共同体的な社会主義の思想と統合しようと努力したのが生真面目なモリスだったのだ。

それにモリスは、とくに『資本論』の労働価値説に疑問だったそうだが、疑問の中身が分からないけれども、今日でも『資本論』研究者の間で、労働価値説の論証には疑問が多い。論争が続けられている。「労働と芸術」との関係に強い関心を寄せていたモリスには、労働疎外との関係でも疑問が出るのが当然なのだ。(＊2)

『資本論』については、与蔵さんの「聞書」にも、面白いエピソードが紹介されていた。「伊藤忠一君がマルクス全集を買いました。それを聞いて先生が、十年かかっても理解はむずかしいよ、といっていました。今思い出してみると、先生の話の中に、カール・マルクスとか、フリードリッヒ・エンゲルスという名前がなんべんもあったように思います。たぶん社会主義に対する先生のお考えもお話になったと思い

マルクスの写真は1882年で、生前で最後のもの。エンゲルスも、晩年1891年のものである。

ますが、残念ながら少しも覚えていません。」――まことに残念である。与蔵さん、想い出してください。羅須知人協会で宮沢賢治が、熱心にマルクスを語り、エンゲルスに触れ、モリスを論じ、社会主義を話していたのだ。何を語り、何を論じ、何を訴えたのか？　今、もし出来ることなら協会を「復活」させて、もう一度、賢治先生の「農民芸術論」を聞いてみたい、そんな衝動に駆られてしまう。

賢治がマルクスや『資本論』に、少なからぬ関心を寄せていたことは、賢治の蔵書リストの中に、高畠素之訳の『資本論』が、ちゃんと載っていることでも分かる。「聞書」では、真面目で几帳面な賢治は、蔵書に目を通し、すべて読んだとのことだ。また、読んでしまうと周囲の人々に本を与えたそうだから、蔵書リストに『資本論』が残っていることは、賢治が『資本論』をよほど大事にしていたのではないか？　マルクス、モリスと賢治を引き離すことは出来ない。

＊1　マルクスによる経済学研究を、初期・中期・後期の三期に分ける整理については、拙著『恐慌論の形成―ニューエコノミーと景気循環の衰滅―』（〇五年日本評論社刊）を参照されたい。初期から中期にかけては、イデオロギー的仮説に過ぎなかった唯物史観のドグマが、マルクスの経済学の体系化を制約していた。後期マルクスの『資本論』の段階で、「否定の否定」の論理など、若干の残滓はあったものの、「純粋資本主義」の抽象に成功、周期的恐慌の必然性を法則化した。ここで、エンゲルス流の唯物史観のドグマにもとづく社会主義とは異なる、『資本論』の純粋資本主義を前提とした社会主義論が可能になったのだ。こうした後期マルクスとの関連で、モリスや賢治の芸術・社会思想を評価する必要があろう。

＊2　スミスやリカードの古典派経済学、およびマルクスの労働価値説については、拙著『価値論の形成』（一九六四年東京大学出版会刊）を参照されたい。

モリスの社会主義と社会改革運動

モリスは、壁紙やテキスタイルなど、モダンデザインの創始者として、とくに戦後日本では、多くの愛好家を

モリスは花木や鳥のデザインを得意としていた。とくに「イチゴ泥棒」は、もっとも評価の高い作品とされている。

集めてきた。中年以上の女性の間では、環境志向の高まりの中で、モリスへの憧れにも似た関心とともにファンが拡大した。さらに近年は、ガーデニングのブームが、イングリッシュ・ガーデニングを中心に地方にも拡大し、モリスの名はイングリッシュ・ガーデニングとも結びつき、さらにファンを拡大することになったようだ。

デザイナーとしてのモリスと比較すれば、彼の芸術思想、とくに社会主義の思想には、あまり関心が寄せられていない。というよりは、モリスを社会主義者として理解する愛好家は、ごく少数にとどまると見たほうがいい。とくに日本では、社会主義思想とは無縁な形で、モリスのブームとファン拡大が続いてきたといえると思う。

これは、モリスの日本での受容に問題があるというより、社会主義のあり方に大きな問題があったように思われる。日本では、社会主義といえば旧ソ連を中心とした、東西対立の東の世界に限定されるのが常識だった。この常識だと、東の社会主義vs西の資本主義という、単純な東西二分法で形式的に理解されてきた。この二分法に基づくなら、東の社会主義はロシア革命によるマルクス・レーニン主義に画一化されてしまう。

さらに、この二分法では、モリスの社会主義思想など、入り込む余地などまったく無くなる。彼の思想は非マルクス・レーニン主義であり、下手をすれば非マルクス・レーニン主義なるがゆえに、右翼的思想との親近性さえ指摘されてしまう。賢治のモリスは室伏高信のそれであり、右翼への変節といった疑いの眼で見られることにもなってしまうだろう。まことに不幸な話ではなかろうか？

だが、すでにソ連は崩壊した。ロシア革命の歴史的意義も失われ、マルクス・レーニン主義のガバナンスも急落した。ここでマルクス・レーニン主義と区別して、モリスの芸術思想と結びついていた西欧の社会主義の思想の意義を検討することは、賢治の芸術思想、農民芸術論を再評価する上でも、必要不可欠なことではないか？ポスト冷戦の新しい歴史的現実からのモリス論だし、賢治へのアプローチなのだ。

モリスの代表的な著作『ユートピアだより』は、すでに紹介したがモリスの社会主義論である。一八八〇年代当時、産業革命により確立期を迎えた資本主義に対する批判として、欧米では社会主義の思想や理論が盛んに論議されていた。『ユートピアだより』も、社会主義を巡っての論争から生まれた、モリスの社会主義思想であり、ユートピア思想である。だからこそ、明治の社会主義者・堺枯川こと堺利彦が、マルクスやエンゲルスの著作とともに、社会主義の宣伝のために「平民文庫五銭本」の一冊として抄訳したのだ。

そこでモリスの社会主義だが、マルクス・レーニン主義の公式からは、まぎれもなくユートピア思想であり、「空想的社会主義」の一つに分類される。(*) モリスはマルクスの理論に心酔し、『資本論』を二度も読んだ。マルクスの三女、エリノア・マルクスと一緒に「民主同盟」から「社会民主同盟」、さらに「社会主義者同盟」の創立に参加し、献身的に活動した。献身的で誠実きわまり無い人柄と活動は、賢治の羅須地人協会の活動と同じなのだ。誠実なユートピアンとして賢治とモリスは同類項だろう。

ユートピアンなるがゆえに、エリノア・マルクスの同志であり、「社会主義者同盟」の創立者だったにもかかわらず、モリスは「センチメンタルな社会主義者」、そしてマルクス・レーニン主義の正統的流れからは、「空想的社会主義」として排除されることになる。とくにマルクスの死後、マルクス主義の理論と思想を継承、というよりマルクス＝エンゲルスとしてマルクスの分身となってしまったエンゲルスからは、歓迎されず冷たく退けられることになった。誠実で献身的な社会主義の活動家モリスには、誠に気の毒な話だがエンゲルスには受け入れられなかったのだ。ここに、マルクス・レーニン主義の不幸が始まったとも言えるかもしれない。

しかし、そもそもマルクス・エンゲルスの唯物史観と呼ばれる歴史観、そして社会主義論は、一八四〇年代の初期マルクスから、五〇年代の『経済学批判』の中期マルクスまでに定式化された、いわば歴史の流れについてのイデオロギー的仮説に過ぎない。それもエンゲルスの考えが強く反映されたとも言えるが、論証も実証もされていない単なる仮説なのだ。生産力に対する生産関係は法的所有関係であり、だから資本・賃労働ではなく有産者（ブルジョア）と無産者（プロレタリア）だし、上部構造の法的イデオロギーだ。だから所有論的に個人的・私的所有から公的・社会的所有＝国有化が導かれ、科学とイデオロギー、歴史と論理の統一、理論と実践の統一のドグマも生まれる。

こうしたドグマがマルクス・レーニン主義

マルクスには３人の娘がいたが、末娘のエリノアがエンゲルスとともに『資本論』の原稿を整理した。芸術家としてモリスとともに社会主義運動にも参加した。Ｅ・エイヴリングの裏切りもあり、最後は自殺した。

のイデオロギーとして公式化し、ソ連型社会主義のイデオロギー的前提となった。硬直した体制が、東西二つの世界の対立をもたらし、次第に破綻を迎えたのがソ連崩壊だったのではないか？　『空想から科学へ』の破綻であり、崩壊である。ソ連崩壊は、マルクス・レーニン主義のドグマの根本的再検討を迫ったのだ。

モリスの社会主義とは、大きく異なったイデオロギーであり、実践運動だったのだ。

＊　日本では、R・オウエンはじめモリスも含めて「空想的社会主義者」と呼ばれている。訳語にもよるが、本来はUtopian Socialist であり、Utopia は建設するものだろう。「空想」は頭に描くだけの机上の空論である。しかし、オウエンもそうだし、モリスも理想の新しい共同体の建設を目指していたのであり、その理想は今なお生きている。

なお、協同組合を中心に共同体を重視した社会主義の考え方については、大内力『協同組合社会主義論――大内力語録』(〇五年こぶし書房刊)。

第六章　W・モリス in JAPAN

堺利彦『理想郷』を検索する

わが「館」、積雪により一〜三月は休館、その間は雪中読書の期間となるが、同時に古本探しの期間でもある。このところ『日本の古本屋』さんに沢山お世話になった。神田の古本屋街を歩くのは楽しい。しかし、ネットの古本サーフィンも、結構楽しいものだ。病み付きになりそうだ。

検索で探し当て、ようやく手元に届いたのは、一九〇四年（明治三七）刊、ヰリアム、モリス原著、堺枯川抄訳『理想郷』である。一〇〇年以上前のもので、表紙に「平民文庫五銭本」、わずか三八ページのパンフだ。はじめにモリスの顔のスケッチ、その裏にヰリアム、モリス小伝が付いている。薄茶色に日焼けしたページをめくりながら、恋人に会ったような気分、じつに嬉しい。

このモリスの『理想郷』、一九〇三年一月三日から四月十七日まで、一四回にわたり週刊『平民新聞』に連載された。連載の最終回で堺は、筆禍事件で四月二十一日から入獄することを告げ、「若し他日機を得ば、更に潤色を加えて小冊子となすべき心組である」と述べた。そして〇四年十二月二十五日に、わが手中に今回落ちたパンフが無事刊行された。堺が出獄して半年目のことだ。これこそ抄訳とはいえ、日本にモリスの著作が初めて翻訳されたのだ。

多田稔氏の解説だと、詩人やデザイナーとしてのモリスは、ラフカディオ・ハーン（小泉八雲）などの手で、明治二十年代から紹介されていた。社会主義者としても紹介されたが、「モリスの著作の翻訳一番手」は、何と

『理想郷』を刊行当時の堺利彦（明治三十八年）

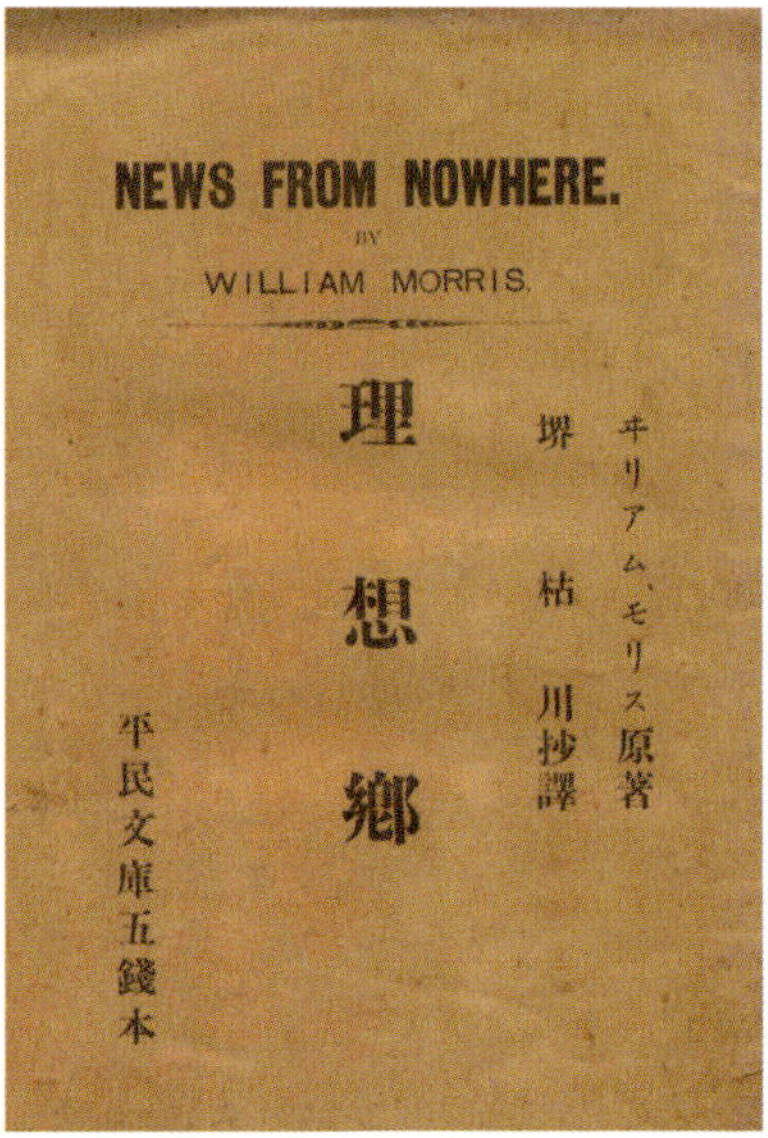

モリスの理想郷の表紙「平民文庫五銭本」とある。

言っても堺の『理想郷』なのだ。初版二〇〇〇部だったそうだが、その一冊が一〇一年たって、いまここにある。「館」の展示品がまた一つ増えた。

古本を検索しながら、一九二〇年（大正九）刊の同じ堺訳『理想郷』も購入できた。大逆事件などにより長く絶版だった『理想郷』を、大正デモクラシーの思想ブームを背景に、堺自身がさらに手を入れて出版したものだ。しかし、「『危険』な箇所を大ぶん多く削除した」と書いてある。例えば、無政府無国会の「無政府」「国家の消滅」が目次の中でも伏字になっている。昭和になり軍国主義の弾圧の中で、東北農村の宮沢賢治がモリスを学び、農民芸術を書いた事情を察することができる。

堺は、モリスの著作『News from Nowhere』を、『理想郷』と題して訳出した。戦後は『ユートピアだより』とされている。ただ、一九二五年（大正一四）に布施延雄の訳もある。これは『無何有郷だより』と題されている。明治、大正、昭和、そして平成へ、時代の変化の中で、賢治とモリスの芸術と思想を捉え返してみたいと思う

堺利彦の和歌

モリスの著作が、とくに沢山の著作の中で『理想郷』（ユートピアだより）が、明治の日本で堺利彦の手で翻訳され、紹介されたことは真に興味深いことだ。詩集や物語の翻訳ではなかった。モリスがマルクスの『資本論』、それも仏訳を苦心して読み、そのうえで理想社会を大胆に、明るく、生き生きと描いた社会主義論だ。モリスからいえば、それは一〇〇年以上も遠い未来、二一世紀のロンドンであり、テムズ河を遡ったコッツウォルズの田園地帯が社会主義の理想郷だった。しかし、マルクスは亡くなり、『空想から科学へ』のエンゲルスによるモリス評価は、たんに「空想的社会主義」として冷淡な扱いだった。

堺がモリス『理想郷』を訳したのは、一九〇三、四年のことだ。レーニンのロシア革命、つまりソ連型社会主義より一〇年以上も前の話。そこにはソ連型社会主義による一党独裁のイデオロギー支配はまだ無かった。モリスの社会主義の理想が自由に語られ、堺もまた、モリスの共同体を基礎とした「その詩的な、美的な、自由な、悠長な生活ぶりが、人の心を引くに足る」と紹介し、さらに「モリスはいつまでも多くの人に愛読されている」とまで称えている。まさに堺は、その時点で言えばモリス主義者だったのだ。その堺により一九〇六年「日本社会党」が誕生、明治時代の「初期社会主義」の産声が上ったことも書き止めておくべきだろう。

文人としての堺は、小説や随筆、俳句や和歌も詠んだ。和歌の一つに、出身地の福岡県の田舎を回想した、こ

んなものがある。

今もなほ　蕨生ふるや茸いづや
　　わが故郷の痩せ松原に
　　　　　　　　　　　　とし彦

これが掛け軸となり、戦後の日本社会党の委員長を務めた鈴木茂三郎さん、さらに大内兵衛先生、わが恩師の大内力先生から、小生の東北大学退官のとき頂戴した。「記念までに堺　枯川の軸を進呈申しあげます。社会主義の思い出にはなるかもしれません」との添え書きとともに。

今度、堺の『理想郷』初版を手に入れたこともあり、ぜひ一緒にわが「館」に並べさせて貰いたいと思う。興味のある方は、是非ご覧下さい。

日本におけるW・モリス

W・モリスの著作、『ユートピアだより』が『理想郷』と題して、明治三十七年に抄訳ながら、日本に初めて紹介された。そのことからも解るように、明治末から大正、そして昭和の初年まで、モリスの社会思想、芸術論は、多くのいわゆる文化人に少なからぬ影響を与えた。芥川龍之介が、東大文学部の卒業論文でモリスをテーマに選び、優秀な成績だったことは有名な話だ。だから室伏高信も、モリスの思想を借りながら、ジャーナリズムで活躍したのであろう。賢治もまた、当然のことながらモリスの影響を受けたし、モリスを学んだのである。その際、室伏のモリス論を参考にしたし、利用することは十分ありうるし、それ自体悪いことでも何でもあるまい。

モリスは賢治と同じ詩人であり、作家であり、絵も描いた。建築家、デザイナー、工芸家でもあった。だから詩人など、文学者としてのモリスの紹介があったのは当然だが、日本で最初に翻訳紹介されたのが、とくに『ユートピアだより』だったことに注目したい。『ユートピアだより』は、モリスの理想郷であり、ロンドンからテムズ河を遡り、自然環境の源流のコッツウォルズに向けて、工業化社会の資本主義を超えた、理想の世界を描いた。モリスの夢が現実になったのだろうか、今やそのコッツウォルズ地方が「世界で一番美しい村」と紹介されている。もっともモリスは、英語のタイトルを『News from Nowhere』とした。夢の世界、未来社会だから、現実の特定されない世界の物語なのだ。

『注文の多い料理店』（一九二四）は、盛岡の「杜陵出版部」、『東京文庫社』から出版された。刊行に先立ち広告チラシが製作されたが、それは賢治自身が書いたと言われ「イーハトヴは一つの地名である。」「ドリームランドとしての日本岩手縣である」とある。写真は、盛岡の光原社に建つ石碑である。

賢治は北上川を遡り、岩手のどこか、「ドリームランドとしての日本岩手県」、つまり理想郷を「イーハトヴ」とした。そのことは『注文の多い料理店』の広告チラシに明記されている。さらに「イーハトヴ」をドイツ語にして「Ich weitz nicht wo」、英語だと「I don't know where」になるとの推定も行われている。こうした推定だと、モリスの Nowhere に近くなるし、賢治がモリスの『ユートピアだより』を念頭におきつつ、「イーハトヴ」の造語地名を選んだとも言えなくも無いだろう。

いずれにしても賢治が、モリスの芸術論や社会思想と関係なしに、室伏高信の著作の「孫引き」だけで済ませていたとは考えられない。それは不自然な話だろう。時代背景からしても、「農民芸術概論綱要」以前から、賢治がモリスの影響を全面的に受け止めながら創作活動をすすめてきたと考える方が、むしろ自然なのだ。しかも、モリスの思想は『ユートピアだより』のそれであり、ほかならぬ社会主義の思想であった。モリスの社会主義は、明治から大正への初期社会主義の思想としては、いいかえると一九一七年レーニン・ロシア革命以前の日本の社会主義思想としては、代表的な思想の一つだったことを強調したい。

むろんモリスの社会主義とは異なり、対立する代表的思想としては、クロポトキンなど、無政府主義の思想があった。大逆事件の幸徳秋水などの無政府主義が、むしろ社会的・世間的には、影響が大きかったかも知れない。しかし、イギリスでもそうであったように、モリスなどの社会主義の思想が、いわば正統であり、本流であったわけで、『理想郷』の訳者、堺利彦などは、むしろモリスの社会主義を継承しようとしていたと思う。だから、大正時代に入ってからも、堺は当局の弾圧の下で、一部伏字を使うことを余儀なくされながらも、モリスの『理想郷』を再版して、もう一度世に出したのであろう。

ところがロシア革命は、日本の明治から大正への初期社会主義の歴史の流れを一変させることになってしまった。いうまでもなくレーニンのボルシェヴィズムが勝利し、マルクス・レーニン主義の正統化に他ならない。社会主義の正統は、マルクス・レーニン主義であり、モリスの社会主義を含めて、いずれも空想的社会主義などのレッテルの下に、異端の地位に排除されることになった。十九世紀、工業化社会の資本主義に対抗する社会主義の豊富な思想風土は、後進ロシアの工業化を背景としたプロレタリア独裁・中央集権型計画経済としてのソ連型社会主義によって、急激な汚染荒廃を余儀なくされてしまったことの確認が必要なのだ。

ロシア革命以後の日本の思想界における混乱は、たんに大正デモクラシー以後の右翼軍国主義の台頭だけではなかった。左翼の社会主義の側にも、マルクス・レーニン主義のプロレタリア独裁の支配が訪れることになる。

芥川龍之介にせよ、宮沢賢治にしても、モリスの思想を継承しようとすれば、思想的激変の渦中に生きるほか無かったのだ。卒論にモリスをテーマにした芥川は、一九二七年遺書に「ただぼんやりした不安」との理由を残し、服毒自殺。それは三五歳の若すぎた死であった。(*)

* 例えば宮本顕治『「敗北」の文学』(一九二九年)にみられるプロレタリア文学運動からの教条的な芥川批判もあった。

ジャポニスムのテーブルウエア

昨年「モリス展」を観に行ったことのある松下電工・汐留ミュージアムに、また出掛けた。今回は特別展「ジャポニスムのテーブルウエア」である。NHK「新日曜美術館」の予告を見てのことだが、モリスたちのアート&クラフト運動の多面性が良く理解できて大収穫だった。

「西洋の食卓を彩った〝日本〟」ということだが、ジャポニスムの影響はともかく、十九世紀末から二十世紀にかけて、今回も「ジャポニスムのデザイナーたち」として、モリスのアート&クラフツ運動の生活芸術の多彩な面が紹介されていた。生活芸術として、テーブルセット、テーブルウエアなども重視されていたのだ。つまり、単なる家具、陶磁器、銀器などの工芸品だけでなく、それらの組み合わせ、そしてテーブル・セッティングまで重視しての運動なのだ。

そんな解説を読みながら展示を観ていると、モリスたちの「小芸術」としてのデザインがもつ、意味の深さが理解されてくるような気がする。ロンドンのヴィクトリア&アルバート美術館で、モリス達があえて食堂、「グリーン・ダイニング・ルーム」をデザイン設計したことの意味だ。単なる展示品ではなく、展示のコーナーでもない。わざわざ食堂をデザイン設計したのだ。そこに家具を展示し、壁紙やタペストリーを飾り、さらに陶磁器を置いて、かつ食堂として利用したのだ。

「館」には、モリスの壁紙、テキスタイルと共に、「グリーン・ダイニング・ルーム」があり、そこには喫茶具のテーブルセッティングが見られる。

わが「館」の一部屋は、「グリーン・ダイニング・ルーム」を真似た部屋である。そこがメインルームであり、モリス・グッズを置いている。そして、モリスの小芸術の思想を実践する意味でも、そこでお茶を飲み、簡単な食事もできるように準備している。しかし、モリスのデザインした食器や、ヴィクトリア調のスタンドだけでは不十分だと思う。当時のテーブルウェアの流れを十分に受け止めなければ、真の生活芸術ではないだろう。

コッツウォルズの17世紀の農家の建物、現在も使われている。アート＆クラフト運動は、W・モリスの工芸と賢治の農芸が統合される。

家具、食器、装飾品など、それらを総合的にコーディネートするデザイン、それこそモリスたちの「グリーン・ダイニング・ルーム」だったと思う。わが「館」でも、テーブルウエア、そして料理そのものも、アート＆クラフト運動に結びつける努力が必要ではないかと思う。ましてやジャポニスムのテーブルウエアではないか。そうすれば、さらに賢治とも結びついてくる。

賢治の「農民芸術概論」の目次には、「農民芸術の分野」が含まれている。そこには、音楽、詩歌、舞踊、写真、絵画・彫刻、映画と続く。さらに「準志は多く香味と食を伴えり」として、演説、建築及び衣服、さらに「諸多の工芸美術」として、以下のように述べている。

光象生産準志に合し　園芸営林土地設計を産む
香味光触生活準志に表現あれば　料理と生産とを生ず
行動準志と結合すれば、労働競技体操となる(＊)

なお、今回の「汐留ミュージアム」の展示の中では、英ロイヤル・ウースター窯の食器や花瓶などが沢山あった。ウースター窯は、ジャポニスムの影響をもっとも大きく受けているらしい。わが「館」にも何点か置いているが、ウースターの町といえば、モリスの祖父がウェールズから出てきて、事業的に成功した町だし、母親エマの出身地だ。歴史的には、明治の初年、岩倉具視など特命全権大使『米欧回覧実記』の訪問先にもなり、日本との縁も深い。モリス—賢治の流れには、モリス家のジャポニスムのDNAが含まれているのではないか、そんな余計な想像を楽しんだ一日だった。

＊ 準志とは、「森鷗外らがZweck（目的）に与えた訳語」である。

第七章　モリス「科学から空想へ」

モリスの空想的社会主義

モリスの社会主義は、歴史的仮説に過ぎなかったマルクス・エンゲルスの唯物史観のドグマ、とくにエンゲルスの『空想から科学へ』の社会主義論とは、かなりニュアンスが違う。ニュアンスの違いどころか全く異質なのだ。まず、モリスの社会主義は、R・オーエン以来の共同体を重視する社会主義だった。その点でも、エンゲルスからすれば、「根深くもセンチメンタルな社会主義者」として、決して高く評価しようとしなかったのだろう。「ユートピア社会主義者」であり、空想的社会主義と見なしていたわけだ。

もっともエンゲルスのモリス評価には、一八八三年はじめにモリスが加盟した「民主同盟」、さらに「社会民主同盟」の組織内の対立による事情も影響した。エンゲルスは「同盟」の議長のハインドマンと仲が悪く、モリスのように組織を丸く治めようと努力していた立場を快く思わなかったように見える。でも、モリスがマルクスの一周忌に協力したり、マルクスの娘エリノア・マルクスと行動を共にしている関係もあり、露骨な排除は無かったようだ。しかし、エンゲルスを中心とするドイツやロシアからの亡命マルクス主義者たちとの関係は、そんなに良くは無かった筈だ。こうした事情は、都築忠七『エリノア・マルクス』が参考になるだろう。(*)

＊　都築忠七『エリノア・マルクス―ある社会主義者の悲劇』（一九八四年みすず書房刊）マルクスの三女エリノアの悲劇的生涯とともに、マルクスやエンゲルス、後出のE・エイヴリングなど、当時のマルクス家を中心に社会主義の運動の内部事情など、実証的な研究として興味深い労作である。

モリスの新婚生活のために仲間たちとともに建てた「赤い家」、ケルムスコットのマナーもそうだが、モリスたちは地域のコミュニティとともに、共同で生活できる広い居住空間を準備していた。

モリスは『資本論』などを読み、マルクスの資本主義への批判による社会主義の思想に共鳴していた。実際、マルクスの理論的・思想的な影響は、とくに一八七〇年代に入ってからの論争には大きなものがあった。ただ、いわゆるマルクス派とはいえ、その内部事情は複雑で、ネイティブと亡命者との対立もあり、とくにハインドマンとエンゲルスの対立が深刻だった。

しかし、もっと大きな理由は、モリスの社会主義に対する考え方が、唯物史観やエンゲルス流の科学的社会主義とは異なっていた点だろう。ここで再度、ごく大まかに整理してみたい。

（1）もともと市場経済は、共同体と共同体の間に発展し拡大してきた。そして、自給自足で閉鎖的な共同体の経済を刺激し、生産力を高め、消費も高度化した。しかし、同時に市場経済は共同体の経済を破壊した。

農業や農村を破壊して、近代化や効率主義の改革を迫った。市場経済は、個人主義や自由主義、商業主義などによる思想や生活を生み出した。その極点が、産業革命の工業化社会の確立であり、機械制大工業の大量生産・販売・消費の生活や文化だった。

モリスはそれに反対だった。共同体を基礎に、生産や生活、文化・芸術を再建しようとした。個人主義に対しては社会主義、自由主義に対しては協同主義、そして商業主義に対しては自然環境を大切にする環境主義だった。イギリスの社会主義が、オーエンなどの協同組合主義と結びついていたのは、市場経済、工業化、商業主義への反対の思想だったからだ。その流れを汲んだ社会主義の思想がモリスのそれだった。(*)

* そもそも「社会主義」の思想は、市場経済の原理にもとづく思想表現である個人主義、自由主義、商業主義に対立するもので、共同体を基礎としたものであろう。その意味では、社会主義と共産主義ないし共同体主義とは、同じ次元で扱うべきではないかと考えられる。なお前掲、大内力『協同組合社会主義論』を参照のこと。

(2)市場経済は、個人主義を強め、個人的・私的所有の観念を生み出した。人間の労働力まで商品にして、労働市場で取引される賃金労働者を創出し、いわゆるサラリーマンの月給取りと資本家の階級社会になった。市場の競争は、地域の農村社会だけでなく、家族や家庭の絆も切り崩してしまった。労働力の商品化とともに、土地も私有財産として商品化して自然破壊につながった。社会主義が、私有財産を否定し、土地の国有化を主張するのも当然だった。

モリスの思想も、私有財産に否定的で共同体を重視したが、根本は労働のあり方だった。人間の労働力まで商品化し、機械制大工業が支配する。熟錬が否定され、労働は単純化され、A・スミスのいう「骨折り・苦痛」になった。この労働の疎外から脱却して、芸術的な熟練労働の復権による労働の「喜び・楽しみ」の回復を図ること、ここにモリスは、社会主義の主張の根本を据えたのだ。

（3）私有財産の制度は、法制度だ。階級制度を前提して、プロレタリア独裁の名の下に「労兵ソビエト」により、土地の国有や集権型計画経済が、「ベルリンの壁」の向こう側の「東の世界」に構築された。「私的所有と社会的所有」の基本矛盾の解決は、国家社会主義の性格を持つ。だが、ソ連は市場経済の競争原理に敗北、崩壊した。

モリスも、過渡的には国家社会主義を認めたようだが、土地の国有化など上からの集権型の計画経済を否定した。法制度の所有ではなく、生産の根元にある労働の疎外からの脱却を求め、労働の芸術化による働く悦びの回復をめざした。J・ラスキンに学びながら、職人の技能を重視する「アート&クラフト運動」による生活芸術の運動であり、歴史や伝統文化、環境を重視する「教育の価値」を評価した。人間の自由を尊重する共同社会なのだ。

「空想から科学へ」「科学から空想へ」

モリスには、「空想的社会主義」のレッテルが貼られている。工業化の機械文明と単純労働力の商品化を批判して、労働の疎外からの脱却を、中世ギルドの職人・技能労働の復活に求める社会主義だ。その点では、たしかにギルド社会主義だ。賢治も農民の「芸術をもてあの灰色の労働を燃せ」と訴えた。そして、モリスが『ユートピアだより』を書き、賢治も「イーハトヴ」を求めた。ともに工業化・機械化・近代化の「都人」に対して、「地人」の芸術に人間回復を探求したのだ。

今日まで、「科学的社会主義」がマルクス・レーニン主義の正統として、「空想的社会主義」に対置されてきた。むろん労働疎外から脱却し、労苦から喜びの労働に変えるにしても、単なる架空の夢物語では困る。暗黒の現実にバラ色の理想を掲げるにしても、全くの空想では、文学の世界では許されても、政治にはならない。政治的思想としては、現実を科学的に解明し、理想を科学によって基礎づける必要がある。十九世紀、社会主義の夢が実現されぬまま、「科学的社会主義」が要請されるについては、それなりの根拠があったと思う。

マルクスを学び、彼の影響を受ける中で、モリスも「科学的社会主義」を求めていた。難解きわまる『資本論』を読み、一八八六、八七年には「社会主義者同盟」の機関紙『コモンウィール』に「社主義の根源」を連載した。二五本もの大きな論文であり、社会主義の歴史に遡って、自己の社会主義の主張を厳しくチェックした。最後の七本の論稿では、『資本論』第一巻の理論をまとめる努力をした。誠実なモリスは、自らの社会主義の主張を、『資本論』の科学的理論により自己点検したことは疑いない。そのうえで『ユートピアだより』も書いたのだ。

モリスの社会主義の活動は1880年代に本格化し、民主連盟（後の社会民主連盟）、社会主義者同盟、ハマースミス社会主義協会と続いた。当時の組織の旗。©マナトレーディング㈱

そのモリスを、エンゲルスは「感情的な空想的社会主義」として、事実上退けた。何故だろう？

理由は、エンゲルスの方に、とりわけ『空想から科学へ』の社会主義論にあったのではないか。エンゲルスの社会主義は、すでに検討したが後期マルクスの『資本論』の理論そのものよりも、初期から中期マルクス・エンゲルスの唯物史観の公式から直接導かれた性格がとりわけ強い。科学的論証以前の「イデオロギー的仮説」としての唯物史観だ。「労働力の商品化」の労働疎外からの脱却よりも、むしろ法的所有論からのアプローチであり、工業化の生産力の質を問うことなく、国有化や計画化が強調されたのだ。

それに加えて、唯物史観の公式からマルクス・レーニン主義のドグマも生まれた。(1)理論と実践、(2)歴史と論理、(3)科学とイデオロギー、この三者の弁証法的統一のドグマだ。とくに(3)からは、科学も唯物史観のイデオロギー的仮説に還元され、仮説の社会主義イデオロギーが科学として主張される。「科学的社会主義」ではない。唯物史観のドグマに還元された「社会主義的科学」なのだ。社会主義の主張は、科学によって根拠づけられてはいない。イデオロギー的仮設のままの主張なのだ。(*)

* こうしたイデオロギーと科学の関係、あわせて歴史と論理、実践と理論の関係についても、宇野弘蔵『資本論と社会主義』(著作集第一〇巻所収)を参照されたい。

モリスは違う。後期マルクスの『資本論』に直接入門したモリスは、唯物史観のイデオロギー的仮説からは自由だった。「科学とイデオロギー」の統一のドグマからも自由だったのだ。マルクスは『資本論』で純粋な資本主義を抽象し、はじめて周期的恐慌の必然性を論証して、労働力商品の矛盾を説くことに成功したのだ。モリスは、この労働力商品化の止揚によって、疎外された労働からの脱却を求め、それを職人の技能による労働の芸術化に具体化しようとした。ギルド的共同体の復権、自然環境と歴史的文化の復位の運動など、モリスの社会主義は唯物史観のドグマから自由なイデオロギーなのだ。

「科学的社会主義」が「社会主義的科学」のドグマではなく、科学に基礎づけられた社会主義の主張なら、「空想から科学へ」ではない。「科学から空想へ」の自由でなければなるまい。「科学から空想へ」、それこそユートピアン・モリスが求めたものではなかろうか。それを賢治も継承しようとしたのだ。

「ハマスミス社会主義協会」のモリス

『ユートピアだより』の新しい世界は、美しい自然に生きる陽気で明るい男女の語らいに満ちている。しかし、

社会主義者同盟などで活躍した中心メンバー、左からE・Bバックス、エリノア・マルクス、E・エイヴリング、W・モリス。

反対にモリスの社会主義の政治活動は、惨憺たるものだった。政治の現実は、いつもどこでも、そんなものかも知れないが、それでもモリスは自らの芸術と結びついていた社会主義の夢を捨てようとはしなかった。

　モリスの社会主義への入門は遅く、一八八〇年代を迎えてからだ。八三年にマルクス派の「民主連盟」に加入、すぐ『資本論』を仏語版で読んだ。さらに八七年には英語版でも読んだが、連盟の代表格のハインドマンとエンゲルスとの対立もあって、モリスはマルクスの娘エリノア、その愛人とも言えるE・エイヴリング、さらにマルクス理解の有力な協力者だったE・B・バックスら[*]と共に、連盟を脱退した。そして、八五年にエリノアなどと「社会主義者同盟」を結成した。その名はマルクス・エンゲルスの「共産主義者同盟」ではなく「社会主義者同盟」、モリスはその宣言文を書き、機関紙『コモンウィール』を創刊、編集長になった。

＊　E・B・バックスの紹介は少ないが、安川悦子『イギリス労働運動と社会主義』（一九八二年、お茶の水書房刊）所収の「マルクス主義と〈社会主義の復活〉」を参照のこと。まことに貴重な紹介である。

　誠実なモリスは、上記バックスの協力を得ながら、すでに紹介したように社会主義発展史である「社会主義の根源」を『コモンウィール』に連載した。自らの社会主義の思想を歴史の原点から点検する厳しい作業だった。ここで『資本論』を読み直し、二五本の連載論稿のうち、七本を『資本論』の経済理論の概説に当てたのである。その点に限れば、「唯物史観のエンゲルス」に対して、「『資本論』

のモリス」の位置づけも可能ではなかろうか。

実践家としてのモリスは、また真面目そのものだった。ロンドンのトラファルガー広場での「血の日曜日」の集会やデモにも参加、逮捕されたこともあった。犠牲者の救援にも奔走、各地の集会で講演し、演説を繰り返した。涙ぐましいほどの社会主義の実践活動の中で、さらにモリスの詩作が続けられ、織物などの創作も行われた。まさに超人的ともいえる活動だった。そして一八九〇年、『ユートピアだより』が執筆された。『ユートピアだより』は、『コモンウィール』に約一年間連載されたが、この時すでにモリスは編集権を奪われていた。同盟の主導権は、狡猾なアナーキスト派に牛耳られ、モリスは孤立して同志や古い友人も去ってしまった。経済的な犠牲だけでなく、心身ともに活動に捧げ尽くしたにもかかわらず、同年十一月モリスも同盟を去ることになった。余りにも誠実なモリスは、権謀術数の渦巻く当時の政治活動の犠牲だったかも知れない。

しかし、モリスは社会主義の運動を止めることはしなかった。「同盟」脱退と同時に、今度はエリノアなどと共に「ハマスミス社会主義協会」を結成した。ロンドンのハマスミスは、一八七八年にケルムスコット・ハウスに転居以来のモリス自身の生活エリアだ。ここで彼は、まさしく地域に根ざした運動の構築を目指したと言えるだろう。同時に、「世の中に美しいものが二つある。美しい建築と美しい書物だ」、その本づくりのために、ケルムスコット・プレスを発足させた。自宅近くの印刷所で木版の見事な本を次々に出版した。芸術と思想の統一のプレゼンテーションが実現した。

モリスにとって、詩を書き、壁紙をデザインし、本作りのアート&クラフトの運動そのものが、社会主義の運動だった。地域の職人技能者に社会主義を講演し、集会で演説した。マルクス・レーニン主義のドグマ、プロレタリ独裁による権力の奪取ではない。職人技能者など、働くものの教育運動に、社会主義の夢を託そうとしたのだろう。そして一八九六年、ハマスミスの自宅で六二歳の生涯を閉じた。その死について、一人の医師が「病名

ハマスミスの「ウィリアム・モリス協会」本部の壁――『ユートピアだより』の1節「客人および隣人諸君、このゲスト・ホールの位置にかつてハマスミス社会主義協会の講堂建てりき、その思い出のために乾杯せよ　1962年5月」が刻まれている。

は、W・モリスだったというまさにそのことで、並の人の十人分以上の仕事をして亡くなりました。」すでに述べた多才極まりない活動に加えて、歴史建造物保全や環境保護運動の先駆者でもあった。こうした活躍を加えるなら、モリスの生涯はまさに超人的だったといえると思う。

一九八六年、モリスの亡くなった、その年に宮沢賢治が岩手の花巻に生まれた。モリスと賢治、二人の生い立ちも、経歴も全く違う。しかし、賢治が花巻から盛岡の中学に進み、盛岡高等農林を卒業し、花巻に帰ってきた。そして、花巻の農学校で教壇に立ち、モリスのアート&クラフト運動など、労働の芸術化を中心に、「農民芸術概論」を講義した。その講義を、さらに地域の農民たちへの羅須地人協会の教育実践に発展させたのだ。賢治もまた、マルクスやエンゲルスを読み、ロシア革命のプロレタリア独裁には批判的視座に立っていた。そこに賢治のモリス継承の地平があったことを確認したいと思う。

モリスの生涯と彼の業績を、ここで賢治のそれに重ね合わせることを許してもらおう。（1）賢治の「農民芸術概論」とモリスの芸術思想、（2）羅須地人協会とモリスの「ハマスミス社会主義協会」の活動、（3）賢治の「イーハトヴ」とモリスの『ユートピアだより』、少なくともこれらに共通項を求めることが出来るのではないか？

賢治とモリス、その超人的な多才な活動、余りにも誠実な生き様、二人の天才の残してくれたものは、『ユートピアだより』が予言した二一世紀の現代に生きる人々にとって、まことに貴重な遺産ではなかろうか。

第八章　なぜ賢治をモリスから引き離すのか？

吉本隆明「賢治文学におけるユートピア」

伊藤与蔵さんの「聞書」によれば、賢治の「農民芸術概論」が、モリスを中心に語られていたことは明らかである。「農民芸術の興隆」の書き込みメモもあるし、少しでもモリスの生活芸術の思想、社会思想を知れば、モリス—賢治の流れを感じ取れるはずなのだ。それなのに、この流れに逆らう思想状況、それはイデオロギー的歪曲とも言えるような知的風土が、戦前から戦後日本を支配してきた。特に賢治研究にとっては、不幸だったのではないのか？

戦前と比べて、戦後日本のモリスは、文芸・工芸を中心に、特にモリス・グッズが多くのファンを獲得した。翻訳なども沢山出版された。賢治も同様だ。童話や詩の作品は広く普及し、小中学校の教科書にも沢山採用されるようになった。いささか神格化されたともいえるし、その反発も一部感じられるほどだ。このように賢治とモリスは、文芸・工芸を中心に多くの愛好家を集めたが、それはモリス—賢治の芸術思想・社会思想の流れとしてではない。なぜか賢治とモリスが別々に、むしろ意図的に切り離される動きが強いのだ。

その理由のひとつに、「農民芸術概論」に関わる室伏高信からの引用問題があった。それは、すでに見た通り誤解、ないし検証不足によるものだろう。むしろ室伏問題が、いつまでも尾を引いて残ること自体が不可解な話ではないのか？　その点、問題解消の意味でも、与蔵さんの「聞書」が果す役割は大きいのではないかと思う。

しかし、さらに室伏問題を超えたところにも、戦後日本の思想状況を反映していると感じられる賢治論がある。

検討してみたい。

戦後の文芸評論の第一人者として、吉本隆明の名を挙げることが出来る。吉本氏の賢治論は、『宮沢賢治』(近代日本詩人選、一九八九年筑摩書房刊)(*)に代表されると思うが、ここに一九七八年(昭五三)『国文学』二月号、宮沢賢治特集に載った「賢治文学におけるユートピア」という八〇枚の力作がある。文芸評論は門外漢なので文芸作品の評価はできない。ただ、賢治の作品を「並外れて自在な〈視線〉の位置」から評価するのは、さすがだと思う。自由で多様な「眼」の位置、その「視線」の多角的方向性、バラエティーに富む「視座」の転換などは、賢治文学の魅力に違いない。その魅力は、ユートピアンとしての賢治のものでもあろう。

* 選書の性格もあると思うが、吉本『宮沢賢治』では、「銀河鉄道の夜」を中心に、詩や童話がもっぱら取り上げられている。さすが吉本氏の評論であり、示唆に富む内容だ。

しかし、「農民芸術概論」に関しては、殆ど取り上げられていない。例えば、わずかに日蓮や田中智学に関連して、「宮沢賢治にはその意味で農民芸術という概念が、宗教と芸術を媒介させる領域として構想されていたが、それでもなおこの農民芸術という概念には、直耕的な意味はすこしもなく、高度に近代化され、機械化され、情報化された農業の概念がふくまれていた」と述べられている。

なお、吉本氏は「銀河鉄道の夜」が、モリスの『ユートピアだより』から着想されたと見ているようだが、むしろ「銀河鉄道の夜」は賢治の四次元芸術として評価、検討されるべきではないかと思う。いずれにせよ検討は他日を期したい。

ユートピアンといえば、モリス—賢治の流れをどう見るのか?それは他ならぬ吉本のモリス論、そして賢治論である。では、吉本隆明はモリスと賢治へ、どのような「視線」を投げかけようとするか。興味深い論点だろう。

宮沢賢治はモリスのように社会組織の革命の全体的構造のうえに、ユートピアが成立つという着想をまった

賢治が銀河鉄道をイメージした「めがね橋」

くとらなかった。だから人類が〈一方には盲目的な圧制者たち、他方には無関心な堕落した奴隷たち〉（モリス『ユートピアだより』松村訳）の二種類にわけられる状態がなくなってしまえば、実用的な製品それ自体が、芸術的な加工品にまで昇華されるという芸術経済論はなかった。宮沢自身のいうある〈心理学〉上の転換の上に〈灰色の労働〉が芸術にまで昇華され、身体の動作それ自体が芸術にまで節奏化されるという着想をはなれなかった。いいかえればかれの農民芸術は貧弱な風土と生活それ自体の幻想的美化、重ねあわせの形像と、貧弱な土壌からの幻想による離脱をよりおおく意味したといってよい。

吉本は、モリスのユートピア論に立って、賢治の「心理学」による幻想を批判し、モリスと賢治を手荒く切り裂いてしまっている。さらに続けて、「宮沢もまた修辞的には、みんながぜんぶ労農党になってからおれのほんとの仕事がはじまると書いてみたり、諸君はその時代にひきずられて奴隷のように忍従したいのかと書いたりしている。けれどそこには宮沢本来はいない。かれには社会的な構想も政治的な構想も具象的になったことはなかった。ことはすべていってみれば〈心理学〉上の構想に属したというところにこそ、宮沢賢治のユートピアの重大さがあったのである。」要するに、モリスのユートピアと違って、賢治のそれには、心理学上の構想だけで、社会的・政治的・経済的構想は何もない。あるのは「銀河鉄道の夜」の幻想の世界のみ。モリスが、みずから「テムズ川の流れに沿ってユートピア社会の現実を観察する」のとは、まったく対照的な賢治の幻想的世界なのだ。

ここまで賢治とモリスを引き裂きながら、不思議なことに吉本が「農民芸術概論」に踏み込まず、羅須地人協会の活動にも触れず、イーハトヴの世界を具体的に取り上げないのはなぜか？ 「灰色の労働」「農民芸術」のタームも、賢治がモリスの労働論から、小芸術＝生活芸術論から、東北農村の現実を踏まえた「都人」への訴えの表現ではないのか。労農党との関わりも、ポーズだけの「修辞的」行為ではないだろう。「ポラーノの広場」の演説について、吉本が「こういうときの宮沢は、弱小なもの、いじめられてうとまれているものに、格好のいい嘘をつくことになっている。支配者や農本的な篤農家や労働者の味方づらをした道徳主義者が、貧民や労働者の弱点につけこむためにつねに吐き出す嘘とおなじになっている。能率、有効性、必要に強いられて生存しているものに、べつの有効性と能率主義を与えて解放できるとする思想はサギ以外のものではない。」

やや感情的とも見える切り捨て方だが、賢治も「べつの有効性と能率主義を与えて解放できる」とは思ってはいないはずだ。モリスに倣って、人間疎外からの脱却を求め、労働のあり方の転換を求めて労働の芸術化を主張しているのではないか？ 大正十四年二月九日の「森佐一宛書簡」では、たしかに賢治が「或る心理学的な仕事」を目標としている、と書いていた。しかし、吉本もいうように、それは「未知の構想」にすぎないし、それが「銀河鉄道の夜」だけだとは言えまい。「農民芸術概論」の構想、モリスの芸術思想・社会思想の積極的受容・発展である可能性も大きいのではないか？　ともかく吉本は、内容不明な「心理学的仕事」だけから、賢治のユートピアをモリスのユートピアから切断し、法華経の理念、「大乗教のいう如来性や菩薩性」に直ちに昇華させてしまおうとしているのではないか？

このような吉本の賢治への批判には、モリスの社会主義、さらにいえばモリスへの影響が大きかったマルクス主義についての理解があるように思われる。賢治の社会主義については、「聞書」にあるように、賢治はロシア革命への批判とともに、羅須地人協会でも「今思い出してみると、先生の話の中に、カール・マルクスとか、フリードリッヒ・エンゲルスという名前がなんべんもあったように思います。たぶん社会主義に対する先生のお考えもお話になったと思いますが、残念ながら少しも覚えていません。」

まことに残念な話だ。ロシア革命のマルクス・レーニン主義を批判して、モリスを継承しながら、賢治はマルクスの社会主義をどのように考えていたのか。飛んで行って聞き質したい衝動にかられてしまう。

吉本には一九六六年に出版された『カール・マルクス』という著作がある。「戦後二〇年にして崩壊しつつある古典左翼の抱き合い心中から、マルクスを救出しようとするという意味」で書かれたもので、大変面白く読んだ記憶がある。最近、新たに「光文社文庫」に収められて刊行されたが、ソ連崩壊とマルクス・レーニン主義の破綻の中で、今回いかに「マルクス救出」が敢行されたか、もう一度「賢治とモリス」の関連でも読み直して検討してみたい。

多田幸正「宮沢賢治とウィリアム・モリス」

吉本による賢治のユートピア論を受けて、ほぼ同じ論調で賢治とモリスを切断する論稿が続いた。一九八一年『日本文学』一〇月号所収の多田幸正「宮沢賢治とウィリアム・モリス」（のちに『宮沢賢治・愛と信仰と実践』一九

「下ノ畑ニ居リマス」の碑、賢治はほとんど毎日、日中は下の畑を自分だけで耕していた。夜は、近所の人達を集めて音楽や踊りなどを教え、また、定期的に羅須地人協会で講義を行った。

八七年有精堂出版刊）である。

多田論文では、吉本論文では立ち入らなかった「農民芸術概論」、羅須地人協会の活動など、賢治とモリスの関係についても、具体的に論じられている。その点では、賢治とモリスの関連について、本格的に論じた戦後の数少ない論稿のひとつである。とくに「農民芸術概論」について、「綱要」や「農民芸術の興隆」のモリスに関説した箇所に立ち入り、かなり詳細に資料チェックの上、検討を加えられた。それにより、室伏問題が大方片付けられた功績は、高く評価すべきだ。

多田論文では、吉本論文と異なり、具体的内容が不明な「或る心理学的な仕事」には特に触れていない。冒頭から「農民芸術概論」の具体的検討を始めているが、モリスの芸術観・労働観と賢治のそれとの間に、決定的な違いがあることを、繰り返し強調する。無論、賢治とモリスの間に違いのあるのは当然で、時代や国の違いだけではない。とくにモリスは工芸を中心に論じたし、賢治は農民芸術を中心にすえていた。二人の社会的・政治的活動も違っているし、いうまでもなくキリスト教と仏教の宗教上の違いもある。

しかし、工業化による資本主義の発展の中で、農業と工業が社会的分業を形成し、生産と消費が分離し、さらに土地とともに労働力の商品化による単純労働が「労働の疎外」を極限まで進めようとしていた現実から、人間労働のあり方を問い直そうとした点では、二人の天才が強く共鳴していたのではないか？　だから賢治は、東北農村の厳しい現実から、モリスを肯定的に受け入れたし、別に違和感や批判的コメントを書き込むようなことはしなかったのではないか？　さらに与蔵さんの「聞書」を読めば、賢治の農民芸術論の基調が、モリスの労働観・芸術観にあることは明白なのだ。

昔の百姓の生活は、米作りなどの生産的労働と祭りなどの芸術が一体化していた。ところが、近代化・工業化の進展で、分業化して労働疎外が進む。だから生産的労働と芸術的行為の一体性を取り戻す、そこに賢治は農民芸術・地人芸術の復権を目指していた。「農民芸術概論」の真髄は、モリスやラスキンの労働観・芸術観の継承・発展にあったし、詩人の直感力だろうが、モリス以上に四次元世界にも広がった雄大なポストモダンの芸術思想・社会思想の全体系の構想が浮かび上がってくる。もし、それが賢治の手で完成し公刊されていたら、国際的にも高い評価を受けたに違いない。

さらに賢治が「農民芸術概論」を準備し、花巻農学校を辞して、羅須地人教会の実践を始めようとしたのは、「或る心理学的仕事」があったかも知れない。しかし、直接には農学校の教育実践の延長上に、教育実践の限界を乗り越えようとして、モリス風にいうなら日本の東北での「アート&クラフト運動」をはじめたのではないか。賢治が「桜の別荘」で独居生活に入り、「本当の百姓」になろうとした志も、たんに「米作り」の生産的労働をやり、「物々交換」をすることだけではない。彼の「地人」像は、羅須地人協会の「生活芸術」の実践から創造しようとしたものだし、「雨ニモマケズ」の人間像に結晶したように思う。

多田論文では、モリスの労働観＝芸術観に対して、賢治にあっては「芸術と労働とが截然とくべつされ、二つのものがまったく異質なものとして、それぞれ別個に把握されていた」と、かなり断定的に主張されている。しかし、それを裏付ける賢治の主張はといえば、例えば「農民芸術の産者」の中で、まず「職業芸術家は一度亡びねばならぬ」と述べ、農民・地人が生産的労働の中に芸術を取り戻す。そして「創作自ら湧き起り止むなきときは行為は自づと集中される／そのとき恐らく人々はその生活を保証するだろう／創作止めば彼はふたたび土に起つ」、ここから多田氏は「農民は芸術的な創造意欲の油然と湧き起こるときには創作に専念する。しかし、それがひとたび失われれたとき、即座に農民に立ち返り本来の仕事たる農作業に精励する。」したがって、賢治では「芸術と労働とが截然と区別され、二つのものが全く異質なものとして、それぞれ別個に把握されていたということなのである」と。

しかし、待って欲しい。農民が祭りで踊り、畑で耕す時、時間的・空間的に分離するのは当たり前の話ではないか。モリスが詩を書くのと、壁紙をデザインして製作するのが、時間的・空間的に分離して行われるのと同じ次元の話ではないか。踊りながら耕すわけにはいかないし、詩を書きながらカーテン地を織ることはできない。それがなぜモリスの労働観＝芸術観を賢治が否定していることになるのか？　いずれにせよ無理な主張だし、だから多田氏もまた「賢治が芸術と労働とを截然と分け、農業労働に芸術的なものを全くみていなかったといえば、必ずしもそうではなかった」と述べ、「春と修羅　第三集　詩稿補遺」の「第三芸術」を挙げている。

その詩に登場する「白髪の農夫とはまさしく芸術家であったのだ。〈労働＝芸術〉〈農民＝芸術家〉と図式化するまでもなく、この詩にうかがえるのは、労働と芸術の一致—その瞬間における一致のみごとな形象化である」ことは認める。しかし、それは単に形象化に過ぎず、「労働する姿に〈芸術〉をみていたのはあくまでも賢治の側なのであり、それは詩人の詩的直観……彼の姿勢の然らしめるところであった」と述べる。さらに、現実に生産的労働に苦悩する農民に芸術を見ようとするのは「安易」であり、「それは一種のまやかし、吉本隆明の表現を借りるなら〈恰好のいい嘘〉ではないのか」と詰め寄る。

しかし、賢治は「白髪の農夫」の話を、わざわざ「第三芸術」と銘打っている。（1）芸術至上主義とも言える「芸術のための芸術」、（2）職業芸人に他ならぬ「生活・人生のための芸術」、それらに対し賢治はモリスの「小芸術」＝生活芸術として（3）「芸術としての人生・生活」である第三芸術を提起したのではないか。それを（1）、（2）の次元に引き戻し、農民と芸術家の分業の立場の違いから批判しても意味がない。第三芸術そのものを否定するだけになってしまう。賢治とモリスの異質を説明したことにはなるまい。

さらに、東北農民と詩人賢治の関係が、ロンドンの職人労働者と詩人モリスの関係と、どう違うのか。賢治だけ責め立てられる筋合いはないと思うが、結局のところ二人の違いは社会変革、政治的実践との関わりの差異に帰着することになる。その限りで多田論文は、吉本説と同じ立場に立つことになっている。例えば賢治も、羅須地人協会の活動から、さらに当時の労農党の政治活動へ接近した。しかし「賢治における政治の季節はごく短期間に終った。」この短期の実践があるかぎり、モリスの労働観＝芸術観を賢治も共有するが、それだけに過ぎない。「モリスは、理想社会の実現……のために、己れの身を政治的実践に投じた。社会主義は必要な変革であり、実現することが可能であると確信していた彼にあって、なさねばならぬことはただ一つ、自分を実践活動に結びつけることだったという。」

モリスの社会主義と芸術思想・社会思想が、賢治の羅須地人協会や労農党への接近と、全く同じでないのは当然だ。しかし、そのことが労働観＝芸術観に関して、二人が「全く異質」といえるものなのかどうか？　さらに「このモリスに〈政治〉はあっても、〈宗教〉はなかった。事実、彼には宗教に対する関心などはこれっぽっちもなかったらしい。その逆に、賢治には〈宗教〉だけがあった。そこに両者の芸術観＝労働観が相違する根本の理由があったといえるだろう」と。

この結論に関しては、上記の著作に論文を収めるに当たり多田氏も表現を和らげ、さらに「彼は、〈科学的な分析にたいしても形而上学や宗教にたいしても関心がなく……〉とはっきり語っている」として、モリスの「如何にして私は社会主義者になったか」から引用文を加えられた。(*)

＊ 多田氏は、論文を著書に収めるに当たり、とくに文章表現上の修正を加えられている。ただ、賢治とモリスを引き離す論調は変わっていないので、ここでは論文を中心に検討をこころみた。

たしかにモリスは、マルクスの影響を強く受け、社会主義者を自認していた。しかしエンゲルスからは、空想的社会主義者として扱われ、またモリスが属していた当時の「社会民主同盟」などは、非合法の地下組織ではない。思想的啓蒙団体のレベルのものだったし、政治的影響力も低かった。ロンドンの工芸職人たちを相手とした「ハマスミス社会主義協会」などは、羅須地人協会の活動と大した違いがあったとも思えない。社会主義といっても、新旧左翼のイデオロギーで理論武装した非合法の暴力革命の前衛党の実践とは全く違うのだ。ソ連崩壊の今日の現実から、社会主義の捉え直しが必要ではないか？

宗教については、モリスは社会主義の思想と科学、宗教とを区別していただけで、宗教には多大な関心を払い、深い造詣をもっていた。オックスフォードでは、はじめ聖職を志し、牧師になろうと勉強していたから大変な博識であり、また宗教を捨ててデザイナーになったわけでもない。(*)「中公クラシックス版」『ユートピアだより』の解説では、多田稔氏が適切に次のように説明されているので引用させて頂く。

社会主義を奉じ忍と情熱に生きたモリスと西欧の伝統とは切っても切れないキリスト教との関係である。教

ケルムスコット・マナー近くのモリスの墓と教会。
マナーの建物のすぐ近くに村の小さな教会がある。その墓地にモリスは、妻や娘と一緒に眠っている。墓は質素なもので草むらの中に埋もれるようにあった。

会建築の美に打たれ聖職者にならなかったモリスは、教会装飾、彼の言うレッサーアート（小芸術）に立脚して発展していったのであるが、彼はオックスフォード時代から英国国教会の広教会に属していたキリスト教社会主義者チャールズ・キングスレーの書物をよく読んでいた。……モリスの芸術論からしても、モリスは、ライナー・マリア・リルケの言う〈神様と同じ方向をみていた人〉なのであろう。

＊　賢治が深く法華経に帰依し、死ぬまで信仰を捨てなかったことは言うまでもない。この信仰を抜きに賢治の作品や活動を考えることはできないと思う。ただ、賢治は宗教に、モリスは社会主義思想に、と機械的に対比できるものではないと思う。賢治についても、「農民芸術概論」もそうだが、とくに与蔵さんの「聞書」、羅須地人協会の活動において、法華経などの信仰が一切表に出てこないのはなぜか？　その点では、花巻地方の地域に根強かった「隠れ念佛」への賢治の配慮を指摘する意見もある。ともかく政治や宗教については、当時の非常に複雑な事情を慎重に考慮すべきだろう。

第九章　賢治とモリス、その現代的意義

賢治によるモリスの受容

大正デモクラシーの時代的背景から、モリスの芸術思想、社会思想が、第一次大戦後、日本でも本格的に導入される時代を迎えた。賢治も、そうした時代環境の中で、モリスを継承しながら、「農民芸術概論」を書き、羅須地人協会の活動を実践したのだ。「農民芸術概論」が、単なる目次だったこと。また、草稿にすぎない「綱要」にとどまっていたこと。さらに、「農民芸術の興隆」の部分だけのメモ・書き込みが残されたに過ぎなかったにしても、モリスの芸術思想・社会思想の継承であり、それも単なる継承だけではなかった点も重要なのだ。モリスの工芸に対して、賢治は農芸技術など、農業・農村問題への多角的な接近、また賢治の四次元の芸術論は、モリスにはまだ無かった視点だろう。今日のデジタル・アートに発展する面も提起されたと思う。

たしかに羅須地人協会の活動は、ほんの二年半ほどの短いものだった。しかし、花巻農学校からの教育実践の発展とすれば、決して短い活動で終わったわけではない。また、その事情が複雑なので、余り深入りしないが、協会活動が単純に挫折、失敗したわけではないと思う。当時の労農党など政治活動との関連で、警察権力からの弾圧を受け、活動にブレーキをかけられたことも大きいだろう。マルクス、エンゲルス、レーニンは無論のこと、モリス関連の著作ですら、堺利彦の『理想郷』にみられるように伏字を余儀なくされた時代なのだ。賢治が、周囲に迷惑の及ぶのを心配し、活動を余り目立たないよう配慮したり、健康状態の悪化も重なったと思うが、定期的活動を不定期に変えたりしながら、結果的に中断する形で終わったのではなかったか。挫折・失敗と断定する

わけにはいかない。

とくに与蔵さんの「聞書」でも明らかなように、与蔵さんはじめ協会の若いメンバーは、満州事変で応召せざるをえなくなっていたのだ。弟の清六氏も応召しているような事情を考慮すれば、協会の活動を再開しようにも、再開できる環境にはなかった。(*)

* 協会の活動は、結果的には二年半ほどで終ってしまったが、当初は賢治の病気や定期的な活動を不定期にするなど、中断された状態だったように思われる。それが再開されず、結局は終ってしまった事情としては、メンバーなどが応召せざるをえない事情も大きかったように推測される。

それでも、与蔵さん自身が「聞書」で語っている通り、遠く満州（現中国東北部）で賢治から年賀状をもらって、帰国したら協会活動に復帰する積もりだった。だから「国へ帰ったなら又先生からいろいろ指導をいただけると思って楽しみにしていました」と回想したのだろう。

賢治の遺言ともいえる、「雨ニモマケズ、風ニモマケズ……」の死の床からの力強いメッセージは、仏教への信仰の力とともに、羅須地人協会の「地人芸術」の人間像の訴えではなかったのか。運動の挫折や絶望の呻きには聞こえない。明るく力強いユートピアンの声だ。そう受け止めることができれば、賢治の「農民芸術概論」と「羅須地人協会」の運動が、アジアの日本、とりわけ東北の花巻の地域特性を踏まえながら、モリスたち西欧先人の「アート&クラフト運動」の発展的継承として、地域実践されたことの意義は、まことに大きかったのではなかろうか。

大正デモクラシーの時代は、周知のとおり昭和恐慌、つづく軍国主義による「冬の谷間」に、賢治の死とともに消え去ってしまった。モリスの思想の受容もまた、同じ運命を辿ることになった。第二次大戦下、「鬼畜米英」の大合唱によって、欧米思想の流れは中断せざるをえなかったからだ。

しかし敗戦、戦後民主主義による思想の自由は復活した。モリス研究や「アート&クラフト運動」の再開・継承の時代を迎えることにはなった。ただ、ここでもう一度戦前に立ち戻って、是非確認しなければならない事情があるように思う。

それは、日本における社会主義運動の特異性に関連する。アジア的後進性ともいえるだろうが、一九一七年(大六)ロシア革命は、日本にも大きな衝撃を与えた。その衝撃は、欧米と比べて社会主義の運動が遅れていただけに、革命思想が相対化される余地なく、絶対視されたまま導入されてしまった。ロシア革命を思想的に支えた、いわゆるマルクス・レーニン主義が、社会主義の正統の地位を独占することになった。生産手段の国有化による集権型計画経済のソ連モデルだけが、「科学的社会主義」の名の下に教条的に支配したのだ。モリスなどの共同体を基礎とした西欧の豊かな社会主義思想などは、非科学的な空想的社会主義、さらに異端の思想として排撃されることになった。広く欧米の社会主義思想の流れも、「社会民主主義」として異端視され、全面的に排除され硬直した左翼思想の独裁となった。

同じマルクス主義の内部でさえ、ソ連型社会主義の総本山となったクレムリン、その国際組織コミンテルンの指令に従って、厳しい思想的・政治的粛清が進められた。そうした中で、日本でもいわゆる講座派・労農派の思想的対立と激烈な論争も繰り広げられていた。このような社会主義の思想状況の中では、ロシア革命以前の明治期からの堺利彦などによるモリスの芸術思想・社会思想の受容も、極端に異常な形で異端視されることになった事情を見落とすべきではない。アジア的、ないし日本的後進性によるイデオロギー的歪曲だろう。

当時のモリス関連文献を見て感ずるのだが、堺利彦などの例外を除いて、非マルクス主義ないしはマルクス批判家、さらにはボルシェビキ・ロシア革命への批判派の論客が殆どを占めているのに驚く。マルクスとモリスの関係、モリスの社会主義思想の地位からすれば、まさに異常ともいえる日本的思想潮流が形成されていたことが

分かる。(*)

* ここで室伏高信の言論には立ち入らないが、当時のモリス研究者をみれば、ほとんどが反マルクス、ないし非マルクスの立場にあったことが分かる。(『モリス記念論集』「日本モリス文献目録」一九三四年刊、一九六六年覆刻を参照のこと)

戦前の室伏高信もその一人だったが、その間の賢治の立場にも、この異常なイデオロギー的歪曲が影を落としたことを否定できないと思う。こうした思想状況の下で、モリスから賢治への思想的継承・発展が実践されたことを忘れるべきではない。そこから「農民芸術概論」を巡ってのモリス・賢治問題も生じたし、羅須地人協会の活動への評価にも、このイデオロギー的歪曲が多かれ少なかれ影響しているのではないか？　モリス研究にとっても、賢治研究にとっても、まことに不幸だったという他あるまい。

戦後民主主義と賢治・モリスの思想

一九四五年敗戦、そして戦後民主主義によって、思想の自由は回復した。モリスの文学作品は無論のこと、それ以上にモリスの工芸作品が日本にも広く迎え入れられることになった。「近代デザイナーの父」といった高い評価であり、壁紙、カーテン生地、ステンド・グラスなど、建築に対してモリスのいう「小芸術」の作品である。モリスの芸術思想・社会思想の特質が「生活の芸術化」であり、「芸術社会主義」を特徴としていた点から見れば、日本の消費者、特に女性消費者の心を、彼の思想がしっかり摑んだことになる。

一九九六年(平八)は、モリス没後一〇〇年であり、同時に賢治生誕一〇〇年でもあった。ロンドンの「ヴィクトリア&アルバート美術館」は、モリス所縁の工芸美術品の収集で有名だし、とくにモリスたちが建設時「グリーン・ダイニング・ルーム」を館内に設計デザインしたことでも知られている。ここで、モリスの生涯の全作品に近い五〇〇点余りの作品・資料が展示され、盛大に「モリス没後百年展」が開催された。『ユートピアだより』の著者が、この百年展を夢幻の理想郷への現実の接近と見たか否か？

まさかモリスも、これだけは夢想だにしなかったのではあるまいか。モリス百年展がロンドンに続いて、世界で二番目に開かれたのが日本だったことを。翌九七年、五月〜七月東京の国立近代美術館で開催され、ロンドンに劣らぬほどの鑑賞者の長蛇の列ができたのを良く覚えている。作品数二四〇点と規模は半分に縮小されたものの、京都や名古屋など、モリス百年展は各地で開かれた。その後も「モリス展」は何度も日本の各地で開かれ、いずれも成功を収めていると聞くが、いずれにせよ日本におけるモリス・ファンの層は厚く、広がっている。最近では、イングリッシュ・ガーデニングのブームもあり、「世界一美しい村」である英コッツウォルズ地方への観光とも結びつきながら、モリスのファンはさらに拡大しているように見える。ＮＨＫのＢＳハイビジョンなども、くり返し放送し紹介している。

こうした戦後民主主義、その後の日本でのモリス・ファン拡大の方向は、社会思想や文学などよりも、むしろ工芸美術の方面にあるといえよう。その点、すでに紹介した大正デモクラシーを背景としたモリスの受容とは、著しく違ってしまったことにもなる。当時は「日本に於いてはモリスの社会思想に関連した方面の紹介が最も盛んに行はれ」、文学でも思想面での取り扱いが主流だった。ところが「工芸美術の方面で、この方面は最も盛んに行はるべくして、然も最も振るっていない事実」が指摘されていたのだ。（前出『モリス記念論集』「文献より見たる日本に於けるモリス」参照）

とすれば、第二次大戦後は事態が逆転したことになる。工芸美術作品への関心と評価の高まりは、ある意味でモリスへの関心が正常化したともいえる。逆に、芸術思想・社会思想への関心、特に社会主義への関心は、大正デモクラシーの賢治の時代と比べたら、むしろ低下したと見るべきだろう。むろん『ユートピアだより』は岩波

ＶＡの「グリーン・ダイニング・ルーム」。モリス商会が設計デザインしたが、「小芸術」をプレゼンテーションする意味では、食堂設計はアート＆クラフト運動として意味があった。ただ、06年10月から食堂としての利用が再開されたが、もともと配置されていた家具類が置かれていない。

文庫にも収められ、そのほか何種類も翻訳されている。にもかかわらず、モリスの社会思想、社会主義は、関心の外に置かれたし、その結果ともいえるがモリスから賢治への流れに対しても、例えば室伏高信問題にみられるイデオロギー的歪曲の不幸が続いたのだ。

こうした戦中から戦後におよんだ賢治・モリス研究にとっての不幸が終止符を打つためには、もう一つの戦後が必要だったことを強調しなければならない。つまりポスト冷戦、ソ連の崩壊とマルクス・レーニン主義の教条の破綻である。マルクス・レーニン主義の破綻は、そのイデオロギー的前提の上に成り立ったソ連型社会主義のドグマの崩壊、さらにはマルクスよりもエンゲルスの「イデオロギー的仮説」だった、いわゆる唯物史観の根本的再検討を迫るものだったからだ。エンゲルスから「空想的社会主義」として退けられたモリスの社会思想、共同体社会主義の復位が、ここでようやく到来したと見るべきだろう。われわれは今、ポスト冷戦とソ連崩壊の新しい地平から、モリス・賢治の芸術思想・社会思想を捉え返すことが必要なのではないか。

さらにポスト冷戦、ソ連崩壊とともに、二一世紀の新たな歴史的位相として、二点だけ付け加えさせてもらう。第一は、ポスト冷戦に先立ち、欧米先進国を中心に、世界史の発展はポスト工業化を迎えた。モリスは、一九世紀第一次産業革命の工業化の大量生産・大量消費を批判した。機械制大工業の単純労働力の商品化と人間疎外を批判し、ギルド的「アート&クラフト労働」の復権を求めた。生活の芸術化のための「小芸術」、環境保全や歴史建造物保存の運動の先駆者でもあった。ポスト工業化による経済のソフト化・サービス化の新しい現実は、モリスの芸術思想・社会思想の復権を迫ることになる。今日、モリス・ブームの背景に拡がる歴史の新しい地平ではないか？

第二は、ポスト工業化の経済のソフト化は、一方でＩＴ化による情報革命の到来でもあった。ＩＴ革命が、ベルリンの壁を越えてグローバルな市場経済の拡大をもたらし、市場原理主義の競争至上の「構造改革」を加速させた。「格差社会」によりコミュニティは崩壊し、労働力再生産の基礎となる家庭・家族、さらに地域社会の崩壊を深刻化させている。モリスの社会思想の根底にあるのは、R・オウエン以来の共同体社会主義であり、今日のコミュニティ・ビジネス、社会的連帯企業の思想的基盤なのだ。

生きつづける賢治・モリスの共同体思想

周知のとおりR・オウエンの共同体は、英スコットランドのニューラナーク村の「労働者のユートピア」である。すでにユネスコは、ニューラナークに残されたオウエンの「夢と実践」の成果としての理想郷を、世界文化遺産に指定した。それだけではない。アメリカでの彼の理想社会「ハーモニー・コミュニティ」の建設は失敗したが、ニューラナーク村の工場は一八〇〇年の建設以来、一時はスコットランド最大の紡績拠点にもなり、その紡績工場が共同体「実践の事実」として今日まで生き続けているのだ。峡谷の豊かな自然とともに、スコットランドの自然散策基地としても利用されている現実を忘れてはなるまい。

モリスの『ユートピアだより』の英コッツウォルズにしても、たんに「世界で一番美しい村」が残されているというだけではない。NHKハイビジョンでも放送されたが（〇六年十一月二一日放映）、イングリッシュ・ガーデニングのメッカとともに、いまなお牧羊業が残っているし、それがまたガーデニングの豊かな土壌作りにも役立っている。モリスはアート&クラフト運動の旗手だったが、彼のユートピアでは銀器など、手作りのクラフト・ギルトの組織が今も地域を支えている。工芸運動が「農芸」とも結びつき、カーデニングや観光の産業的基礎となっているのだ。ガーデニング、職人ギルト、「地産地消」の手づくりのスローライフの村民の交流が今も現実に生きているのだ。

さらに注目の「コミュニティ・ビジネス」の起源は、「八十年代のイギリスのスコットランド地方の〈コミュニティ協同組合〉にある。七九年に発足したサッチャー政権は、小さな政府を目指した財政再建・経済改革に積極的に取り組んだ。そのようななかで過疎の農山村では、仕事がないと同時に、郵便局や地域の商店等地域コミュニティに必要な基本的サービスが不足する事態に陥っていた。そこで行政は、地域住民を会員とし、地域コミュニティに必要なサービスを供給すると同時に雇用を創出する『コミュニティ協同組合』を立ち上げたのである。」(〇四年度『中小企業白書』)

市場原理主義の元祖ともいえるサッチャーの政策に対抗する戦略として、オウエン以来の「コミュニティ協同組合」が新しいコミュニティ・ビジネスとして位置づけられたといえる。それが「地域にあったサービス、雇用を生み出す地域貢献型事業(コミュニティ・ビジネス)」として、地域のNPO法人などを含めて政府白書でも紹介されている。(*) そしてこのコミュニティ・ビジネスは、「街づくり」の手法でもあり、介護、福祉、育児・家事支援、教育、環境、観光、レストラン、コミュニティ・バス、地域の交通輸送サービスにまで拡大が意図されている。

＊「コミュニティ・ビジネス」については、大内秀明・増田聡著『建設業再生のシナリオ―住民支援型コミュニティ・ビジネスの展開』(二〇〇四年日本評論社刊)を参照されたい。フランスでは、協同組合の伝統を生かした「社会的連帯企業」(社会的企業とも呼ばれる economie sociale et solidaire)が活発化している。アメリカではニューヨークのCDC(Community Development Co、コミュニティ開発法人)がモデルとされているが、ひろくNPO全体がアメリカ型コミュニティ・ビジネスともいえるし、SOHO(Small office Home office)も、事業者の多くが自宅やその近くで仕事をして、働きながら地域社会への参画を可能にしている就業形態という点で、コミュニティ・ビジネスの一種に加えることができる。

ポスト冷戦のグローバル化の中で、一方では「グローバル企業」ともいえる多国籍型から無国籍型への市場経済の投機的発展もいちじるしい。しかし、同時に他方では、ムラやイエの崩壊への対抗軸としてコミュニティ・

コッツウオルズのクラフト・ギルド——ギルドではたんに銀器の製造だけでなく、展示や販売もおこなわれてコミュニティ・ビジネスとして成立している点にも注目すべきだ。

ビジネスの多様な発展がみとめられる。これらに共通した特徴点としては、①非営利・共益性、②他利型ボランティア、③地域密着型、などが挙げられよう。

日本でも、グローバル化の波の中で、イエ・ムラを基礎とした地域の崩壊は急速に進んでしまった。その中で英のニューラナークやコッツウォルズではないが、戦前一九一八年（大正七）武者小路実篤が『白樺』に発表して創設した「新しき村」も、戦中・戦後の幾多の紆余曲折を経ながらも存続し、八〇年の歩みがつづいている。しかも、ソ連崩壊の中で、むしろムラが拡大しているという事実もある。

賢治の羅須地人協会についても同様なことが言えると思う。「芸術をもてあの灰色の労働を燃せ」―農民芸術概論のキーワードが、短期間とはいえ「羅須地人協会」の活動になり、その活動が様々な形で今も地域に生きている。人々の心の中に、グラジオラス、ダリア、チューリップ、そして花巻の花壇のガーデニングの中にも生き伝えられている。花巻の賢治、それは賢治の花巻なのだ。

関係者の心の中だけではない。賢治は、羅須地人協会の羅須（Lath）について、農民を中心に地域に生きる住民たち「地人」が、地縁のネットワークの固い絆で結ばれる地域共同体を目指して命名したと言える。それはまた岩手の美しい自然、北上川の源流に遡るユートピアであり、イーハトヴでもあった。イーハトヴの地域共同体こそ、美しいイエであり、美しいムラ、そのアソシエーションこそ羅須地人協会の活動だったのではないか。

しかも賢治は、地縁のネットワークの絆として、岩手など東北農村に残る「結い」の心を重視していた。ハタ＝傍を楽にする「働き」労働も、地域の消防・防災も、治山治水の公共工事も、そして地域の青年団の活動に至るまで、「結い」のネットで結ばれる。賢治の地域づくり、ムラ起こしは、羅須地人の「結い」の心で支えられねばならないだろう。

花巻市では、新しい市長の下、「賢治の描いた理想郷（イーハトーブ）の実現を」目指し、「小さな市役所」の仕組みづくりを始めている。総額二億円を市内二十六地区の「振興センター」に配分し、地区住民の「コミュニティー会議」で住民自治として決めるもので、「行政自治」から「住民自治」への地方分権をこえた発想として注目される。(河北新報〇七年六月四日付) それは賢治のいう「結いの心」による住民自治であり、地人の「互助社会を再生し、住民が自分の地域をどうするかを主体的に考える時代」の新たな街づくりだろう。(朝日新聞二月二十日付)。ここにもモリス—賢治の社会改革の思想が生きていると思う。

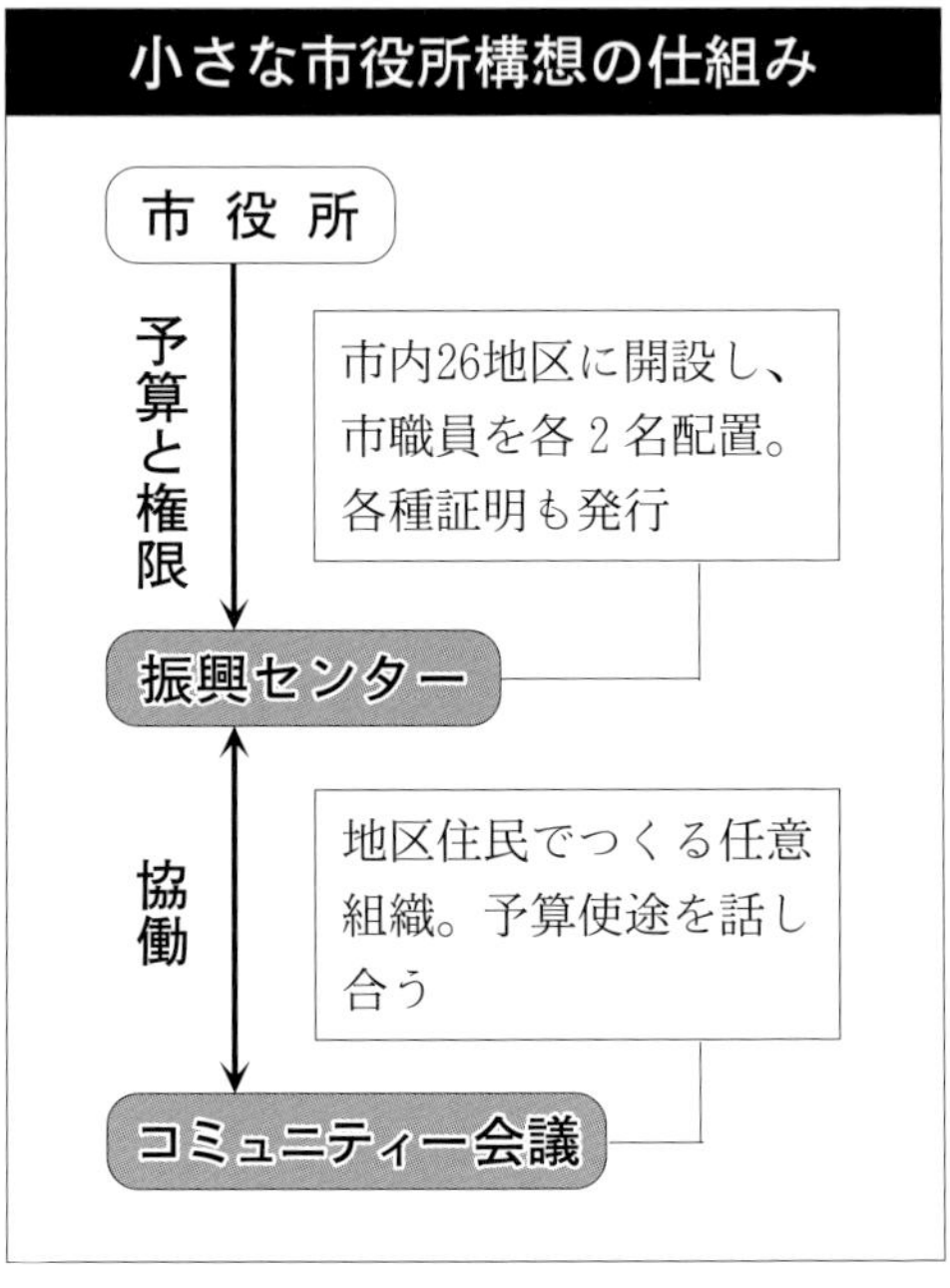
小さな市役所構想の仕組み
市役所
予算と権限
市内26地区に開設し、市職員を各2名配置。各種証明も発行
振興センター
協働
地区住民でつくる任意組織。予算使途を話し合う
コミュニティー会議

われわれは今二一世紀を迎えて、ポスト冷戦、ソ連型社会主義の崩壊、ポスト工業化やコミュニティ復権という新しい現実から、モリスの思想、賢治の理想と実践の歴史的意義を捉え返さねばならないと思う。モリスは、国有化や計画化を主張した「国家社会主義」者ベラミーを批判して『ユートピアだより』を書き「ハマスミス社会主義協会」を実践した。賢治は、レーニンのプロレタリア独裁を拒否して『農民芸術概論』を書き、羅須地人協会を実践して死んだ。二〇〇六年、二人の生と死から一一〇年に当たる。

モリスから賢治への流れは、次のように整理できないだろうか？

(1) 人間労働の疎外を、真の芸術の回復によって、人間解放に向かう。

（2）芸術と技能を「生活芸術」として、地人の暮らしの喜びに高める。
（3）人間と自然の再生産を歴史と文化の基礎とする「環境芸術」の創造。
このように集約される思想的営為が、二一世紀に受け継がれようとしていると思うのだが？

補　章　世界で一番美しいムラを旅して

コッツウォルズとW・モリス

〇七年六月一七日より二七日まで訪英し、コッツウォルズとロンドンを個人旅行（ワールド・ブリッジ㈱の「イギリス個人旅行」で八泊九日）した。その報告を兼ねて、見たこと、感じたこと、そして考えたことを、少し書いてみよう。

先ずはコッツウォルズから。こちら三泊四日の短い旅だったが、「賢治」風に表現すれば、モリスはコッツウォルズの「地人」である。モリスのデザインも、詩も、政治評論も、その「地人芸術」なのだ。コッツウォルズを抜きに、モリスの芸術も、思想も、文学も語れない、それが今度の旅の結論だろう。

コッツウォルズは今、世界から注目されている。日本では、NHKのBSハイヴィジョンで「世界で一番美しい村」として、ガーデニングを中心に紹介された。モリスは、一〇〇年以上前、「イングランドで一番美しい村」と書いたが、いまや「世界一」に格上げである。その「美しさ」だが、単に自然の美しさではない。自然の美しさなら、日本でも、もっと美しい風景が沢山あるはずだ。世界中には、さらに一層素晴らしい自然があるだろう。

コッツウォルズが世界一なのは、その自然の美しさだけではない。庭や花の美しさだけではないと思う。ガーデニングが暮らしの中に生きていること、人々が自然の中に生きる美しさ、それが世界一なのだ。暮らしの生活の美しさであり、モリスが主唱して止まなかった、「生活芸術」（Lesser Art）の美ではないかと思う。という意味で、モリスの芸術は、コッツウォルズの「地人芸術」なのだ。

ＮＨＫ・ＢＳハイビジョンで紹介された女３代のガーデニング、「キフツゲート・コート・ガーデン」の最も新しいガーデンのコーナー。クラシックな館や従来のコーナーとは対照的な庭づくりだ。

モリスのケルムスコット・マナーの玄関入り口のスタンダード仕立てのバラ。玄関から門に向かっての写真であり、このバラに迎えられてユートピアの郷に招き入れられる。なお、逆方向からの写真は98頁。

これは出掛ける前からの知識だが、モリスの祖父は、イギリスのウエールズの出身だが、イングランドのコッツウォルズに隣接するウースターの町で成功した。明治の初め『米欧回覧実記』の岩倉具視一行も立ち寄り、ジャポニスムの影響の強い陶磁器、ロイヤル・ウースターで有名だ。ソースも生産された。ソースの代名詞になっているウースター・ソースだ。羊毛工業では、コッツウォルズと一体で発展した歴史の町でもある。モリスの父は、ウースターで町の娘さんと結婚し、モリスが誕生した。一八三四年のことである。

モリスは、父がロンドンの金融界で成功したこともあり、ロンドン郊外で生まれ、育った。大学はオックスフォードのエクセター・カレッジだが、沢山のカレッジの集まるオックスフォードの町も、地域的にはコッツウォルズに含まれる。コッツウォルズ、南北に別れていて、オックスフォードは南の端の拠点である。モリスが仲間とともに、カレッジのユニオンの壁画を描いた、そして妻ジェインとの愛と結婚につながった町だ。序章に書いたが、昔一九八二年、オックスフォードでA・ブリッグス学長（ウースター・カレッジ）から、K・マルクスからモリスへの研究を薦められた日の事を懐かしく想い出しながら、オックスフォード駅を過ぎた。

念のため書き加えておくが、有名なシェイクスピアの故郷、Stratford-Upon-Avon もそうだし、ローマの浴場の歴史の町 Bath も広域コッツウォルズの一部だそうだ。だから自然だけではない。歴史や文化の実り豊かな土壌がある。われわれ個人旅行は、鉄道とともに、移動はもっぱらハイヤーを利用した。観光ガイドを兼ねた、じつに親切なドライバー氏、彼も Shakespeare Tours co の所属だった。

コッツウォルズへの旅の目的、むろん「世界で一番美しい村」を訪れることだ。さらに、モリスの『ユートピアだより』の船旅の到達点、別荘として利用された「ケルムスコット・マナー」に出かけることだった。その日、マナーがオープンするのに日程も合わせた。小さな村が多いが、中でもさらに小さな村がケルムスコットであり、そこにひっそりとマナーが建っていた。とはいえ、マナーがオープンだから、その日は訪問客が沢山いたし、内部は順番待ちで見学した。まだ、ナショナルトラストに入っていないためか、地域のボランティアが案内役のように見受けられた。地元オックスフォードシャーやオックスフォード大学など、地域がマナーを守り、維持する姿勢が強く感じられる。

一番嬉しかった事、それは『ユートピアだより』の扉絵にある、あのスタンダード仕立てのバラが玄関先の両側に美しく花を咲かせていたことだ。このバラの仕立てには、大変手間暇かかる。わが仙台の「館」の庭と同じバラの手入れの経験からわかる。扉絵を描いた、その日から一二〇年は経っている。でも、その日のまま、扉絵のようにピンクのバラが咲き匂っているではないか。「ああ、ここまで来た甲斐があった。」モリスのユートピア社会主義が美しく生きている。

「ロセッティとジェインが同じ時を過ごした〈隠れ家〉ケルムスコット・マナー」として、バラの並ぶ写真とともに、マナーの写真が〇七年七月八日の日経新聞に大きく紹介された。マルクスにも、妻が連れてきた女中さんに私生児を産ませた話がある。ヴィクトリア期には、よくあったスキャンダラスな事件も、マナーの長い歴史には刻まれている。しかし、モリスは死ぬまで、ここマナーに憩いの場を求めつづけた。彼の発想、思索の源泉となり素材となり、『ユートピアだより』の舞台にもなった。いま、この小村の質素な教会の墓地の草むらに、モリスとジェインは仲良く、娘たちとともに眠っている。

* マナーには、モリスの死後、妻のジェーンがロンドンのケルムスコット・ハウスから移り住み、さらに娘メイも住んでモリスの遺品とともにマナーを管理しつつ、「W・モリスの故郷」としてモリス記念館の設立の準備をすすめた。メイの遺言により、オックスフォード大学が事業に協力することになった。

ハマスミスの船着場から

『ユートピアだより』は、コッツウォルズのケルムスコット・マナーへの船旅の話である。旅の出発点がロンドンのハマスミス、モリスは一八七八—九六年に亡くなるまで、そこの「ケルムスコット・ハウス」に住んだ。窓の上に「ウィリアム・モリス、詩人、工芸家、社会主義者、ここに住んだ」とプレートも入っている。その地階がウィリアム・モリス協会の本部であり、入り口には協会の看板の上にステンドグラスが塡め込まれ、中にモリスの写真が貼ってあった。覗くと、中から今にもモリスが「さあ、これから船に乗り、マナーに行きましょう」と呼び掛けているようだ。

地下の本部の窓の上に、金文字で「客人および隣人諸君、このゲスト・ホールの位置にかつてハマスミス社会主義協会の講堂建てりき、その思い出のために乾杯せよ！　一九六二年五月」（五島・飯塚訳、中公クラシックス版）と『ユートピアだより』の一節が刻み込まれている。この呼びかけは、一八九〇年に書かれたのだから、七二年後の訪問者へのメッセージだ。当時、E・ベラミーなど「国家社会主義」の影響拡大を憂慮して書かれた『ユートピアだより』だったが、すでにソ連崩壊の今日、モリスは何と訴えるだろうか。

目の前はテムズ河の大きな流れである。船着場の桟橋が並ぶ。船旅を愛したモリスは、週末を利用するように、ここからコッツウォルズのマナーに通ったのだ。とすれば、マナーを「隠れ家」と呼ぶのは適当ではないと思う(＊1)。休息と思索の場であり、別荘だった。わざわざケルムスコットの名を付けた「ハウス」が仕事場だったのだ。テムズの流れが、ケルムスコットのマナーとハウスを結んでいる。やはりモリスは、ロンドンっ子ではない。コッツウォルズの「地人」なのだ。そんなことを考えながら、モリスも通ったであろう、一八四五年からの向かいの桟橋の袂のパブ、「The Dove」でアフタヌーン・ティーを飲んだ。

ロンドン、ハマスミス橋の袂の船着場、現在もたくさんの観光船やボート、レガッタなどが繋がれている。ここからモリスもコッツウォルズに出かけた。

モリスのケルムスコット・ハウスの地下室だけが、現在ウィリアム・モリス協会の本部・事務室になっている。その入口にステンドグラスが貼りつけてあり、中にモリスの写真が入れてあるのがお分りだろうか。

ロンドンでのモリスめぐりは、もっぱら藤田晴彦著『ウィリアム・モリスへの旅』（淡文社刊）の指示に従って歩き回った。適切なガイドで大助かりだった。「ウィリアム・モリス・ギャラリー」「赤い家」の二ヵ所を一日で回ることが出来た。

「赤い家」は初めての訪問だった。田園風景を予想していたが、ロンドン郊外の典型的な住宅街の中だ。しかし、深い緑の木々に囲まれた赤レンガの建物は目立つ。朝日新聞が「モリスの赤い家」のタイトルで、「奇想遺産」の一つとして紹介したのも十分頷ける。（〇七年二月一八日付）この紹介のためか、またナショナル・トラストに含められたこともあり、「このところ日本人の訪問客が急増」、日本語の解説者が居ないので困っていた。ここの解説は丁寧で、米国からの建築家も一緒だったせいか、一五分の予定が一時間にも及んだ。(＊2)

＊1　モリスは、コッツウォルズのケルムスコット村の自然、歴史を原点としてロンドンでも活動したのであり、「ハウス」とともに美しい本の出版も「ケルムスコット・プレス」でおこなった。

＊2　「赤い家」には、戦前から日本の訪問客があり、例えば一八九七年（明三〇）に、後に首相となり二・二六事件の犠牲となった斉藤実とその随行者の名前が一階ホールのガラス戸に記されている。（日経、〇七年七月二二付）日本人訪問客には学芸員がとくに注意してくれている。なお、斉藤は花巻に隣接する水沢（奥州市）出身で、賢治の作品の舞台となった種山ヶ原があり、「風の又三郎」のブロンズ像も建つ。羅須地人協会の活動の時期は、斉藤の朝鮮総督、首相の時代だった点も興味をひく。斉藤によって結ばれる賢治とモリスだ。

慌てて次の「ギャラリー」に向かった。ただ、指示に従い地下鉄ヴィクトリア線の終点ウォルサムストウ・セントラルまで行く積りだった。ところが土日の週末、ロンドン地下鉄は終点まで運転せず、三つ手前の駅からバスで代替輸送。今や通勤・通学の大量高速の交通機関は機能停止なのだ。さらに乗り換えたバスが交通渋滞に巻き込まれ、危うく閉館時間に遅れるところだった。何とか滑り込んだが、それだけに「ギャラリー」の充実した展示物の素晴らしさに十分満足した。

モリス、一八六三年に開通した世界最初のロンドン地下鉄が大嫌いだった。「せかせかした、不満そうな人類の蒸しぶろ―地下鉄」と『ユートピアだより』にも書いている。その地下鉄、ロンドンのその後の都市膨張により、モリスが生まれ育ったウォルサムストウまで延伸してきた（一九六八年延伸）。しかし、今や工業化社会の大量生産・大量消費の時代は終わった。同時に、テロ攻撃の温床にもなっている。大量高速の地下鉄神話の時代も限界だ。すでに土日は運休である。

時間が無く、残念ながらモリス少年が、兄弟たちと遊んだ近くの自然豊かな「エピングの森」には行けなかった。地下鉄開業などによる都市化の乱開発で、周辺の環境は「安普請の家が建て込んで息苦しい」小住宅の列だ。しかし、「ギャラリー」の建物だけは、黄褐色のレンガの三階建て、館の北側にはボート遊びができる濠もある。「ウォーター・ハウス」と呼ばれ、公園として今も市民の憩いの場になっている。

モリスは、地下鉄が嫌いで、船旅を愛した。ケルムスコット・ハウスからマナーへ、かれはスローな旅とスローな生活を愛し、二一世紀を予言しながら名作『ユートピアだより』を書き残して呉れた。そして、コッツウォルズは今、「世界で一番美しい村」なのだ。

アート&クラフト運動の復位

コッツウォルズの庭園のガーデニングを見て感じたことだが、単に庭造りや花壇造りの美しさではないことだ。二泊した Mill Dene のガーデンに代表されると思うが、庭造りがアート&クラフト運動に裏付けられ、それに結びついていることだ。ここは一千坪余りの庭で、他の庭園と比較してあまり広くない。NHKのBSハイヴィジョンで放送された上述のキフツゲート・コート・ガーデンズやナショナルトラストの庭園などと比べたら、小規模なので日本の庭造りには身近だ。

モートン・イン・マーシュ駅に近い「ミル・ディーン・ガーデン」、水車小屋を利用した池や水路のあるガーデンであり、歴史の積み重ねを感じさせると同時に、女主人がモリスなどアート＆クラフト運動を庭づくりに活かそうとしている。

チッピング・カムデンのギルドの工房では、女性のクラフト・ウーマンも働いている。入口には、ギルドの展示場の表札やAshbeeがロンドンからギルドを移転した表示プレートもある。（148頁の写真も参照のこと）

Mill の名前から分かる通り、もともと水車小屋を利用したもので、川の流れを池に利用している。沢山の魚が泳ぐ。川べりとの土地の段差を活用して、羊の遊ぶ牧場を景観に取り入れている。キッチンガーデン、果樹園、スタンダード仕立ての蔓バラの小徑、さらに小さなクリケット場もある。川や丘陵の自然と自生の花木（日本では山野草だが）をベースにしているが、庭としては実に多様な組み合わせの工夫が凝らされている。

アート&クラフトを感じるのは、心憎いほど上手に配置された庭のオブジェ、モニュメント、ガーデン・ファニチャーだ。ストーン・アートの著名な作品も並べられていて、まさに「庭園ミュージアム」だ。休日は沢山の訪問客があるし、オープンなのはガーデンだけではない。ここは宿泊もできるB・B（Bed & Breakfast）、つまりオープン・ハウスなのだ。手作りジャムなどの朝食は、ロンドンなど他のどのホテルの朝食より良かった。

そこの女主人が、一読するよう薦めてくれたのが「コッツウォルズとC. R. Ashbee」を紹介した小冊子だった。翌日でかけたチッピング・カムデン、ここは一三―一四世紀栄えたウール・タウンで、ハニー・カラーのライム・ストーンの家並みが実に美しい。タクシードライバーの案内してくれたのが、BSハイヴィジョンで見たことのある「The Guild Craft Workshops」である。入り口には、一九〇二年にギルドを再建した Ashbee の名前のあるプレートが入っているではないか。モリスのアート&クラフト運動の後継者の代表が Ashbee だ。ここにもモリスがいる。

ギルドの仕事場では、テレビですでに面識のあった三人のクラフトマンが手作りの銀器を制作中だった。NHKのテレビ放送のことも知っていたからだろうか、気持ちよくカメラに収まってくれた。制作した銀器を販売し、ギャラリーでは日本の和服を含むクラフト・グッズも展示されている。また、中世ではなく二十一世紀のギルドだ。テレビでは紹介されなかったが、クラフトウーマンの若い女性の職人さんも一生懸命手作りの仕事に励んでいた。

女主人のアドヴァイスの心遣いに感謝しながら、隣の本屋に飛び込んだ。紹介された冊子は品切れだったが、Ashbeeについての大部の伝記が見つかった。C. Alan "C. R. Ashbee: Architect, Designer & Romantic Socialist" いささか高価な買い物になったが、記念に買い求めた。(＊1) モリスからAshbeeへ、いよいよアート&クラフト運動の勉強を始めなければならない。残り少なくなった人生、知力も体力も大丈夫だろうか？

さらに、『ウィリアム・モリスへの旅』のガイドに従い、ロンドンではリヴァプール駅に近いオールド・スピタル・フィールド・マーケットに隣接の「古建築物保護協会」(写真一〇四頁)に出掛けた。ここはマーケットの再開発の波が隣まで押し寄せていた。情報化やグローバル化による歴史の転換に、協会はどのように対応するのか？　休日で閉まっていたが、さらにモリス達が「赤い家」での結婚生活に入る前、活動の場となった「レッド・ライオン・スクエア」を訪れ、「芸術ギルド協会」(写真一四二頁)の所在も確かめることができた。ギルドの名が、中世の昔ではなく、コッツウォルズとともにロンドンの中心部にも、ちゃんと生きているのである。

英ポンドは強い。円安の日本からの旅行者には痛い。サッチャーの新保守主義、金融ビッグバン、ポスト冷戦のグローバル化や情報化を利用した金融立国が成功だった。同時に、「世界で一番美しい村」のアート&クラフト運動も生きている。低成長ながら一四年もの景気拡大は、日本の「いざなぎ越え」をとっくに超え、世界最長だ。イギリスは、まことに面白い国である。

そんなことを考えながら、二五年前、読書室の利用でお世話になったことがある大英博物館の前に来た。ここは休日オープン、玄関前の垂れ幕に日本の和服とともに、大きく「Crafting Beauty in Modern Japan」とある。七月一九日から始まる企画展の宣伝なのだ。今、なぜ大英博が「近代日本の工芸美」と銘打った企画展をやるのか。昨年は、パリのオペラ座で日本の歌舞伎が大盛況だった。

英仏はじめ、ヨーロッパの日本への眼は、日本の工芸、伝統美に向けられている。新しいジャポニスムか？

そう言えば、アート&クラフト運動は、自然環境への関心による庭園設計への影響とともに、東洋・日本の民芸文化影響が英国の装飾デザインに影響した、とも言われている。ロンドンでの宿泊は、ヴィクトリア&アルバート博物館（V&A）に近い、「モリスの部屋」もあるホテル「GALLERY」だった。お陰で目の前のV&Aには三回も足を運び、昨年一〇月から一般利用の再開されたモリス達のデザインによる「グリーン・ダイニング・ルーム」で、壁紙やステンドグラスをゆっくり鑑賞しながら食事を楽しんだ。

＊1　Ashbeeは、モリスたちのアート&クラフト運動の後継者で、とくに銀器など金属工芸ですぐれた作品を残した。
＊2　V&Aの「グリーン・ダイニング・ルーム」、当初は食堂として利用されていたが、戦中の食料不足などもあってか、長い間、一般には食堂として公開されていなかった。説明書にも、そのように紹介されていたが、〇六年一〇月から改修工事の上、食堂として再開されている。しかし、絵葉書などに見られた家具類は置かれていない。（写真二〇二頁）

付1　農民芸術概論綱要　（宮沢賢治）

序論

……われらはいっしょにこれから何を論ずるか……

おれたちはみな農民である　ずゐぶん忙がしく仕事もつらい
もっと明るく生き生きと生活をする道を見付けたい
われらの古い師父たちの中にはさういふ人も応々あつた
近代科学の実証と求道者たちの実験とわれらの直観の一致に於て論じたい
世界がぜんたい幸福にならないうちは個人の幸福はあり得ない
自我の意識は個人から集団社会宇宙と次第に進化する
この方向は古い聖者の踏みまた教へた道ではないか
新たな時代は世界が一の意識になり生物となる方向にある
正しく強く生きるとは銀河系を自らの中に意識してこれに応じて行くことである
われらは世界のまことの幸福を索ねよう　求道すでに道である

農民芸術の興隆

……何故われらの芸術がいま起らねばならないか……

曾てわれらの師父たちは乏しいながら可成楽しく生きてゐた
そこには芸術も宗教もあつた
いまわれらにはただ労働が　生存があるばかりである
宗教は疲れて近代科学に置換され然も科学は冷く暗い
芸術はいまわれらを離れ然もわびしく堕落した
いま宗教家芸術家とは真善若くは美を独占し販るものである
われらに購ふべき力もなく　又さるものを必要とせぬ
いまやわれらは新たに正しき道を行き　われらの美をば創らねばならぬ
芸術をもてあの灰色の労働を燃せ
ここにはわれら不断の潔く楽しい創造がある
都人よ　来つてわれらに交れ　世界よ　他意なきわれらを容れよ

農民芸術の本質

……何がわれらの芸術の心臓をなすものであるか……

もとより農民芸術も美を本質とするであらう
われらは新たな美を創る　美学は絶えず移動する
「美」の語さへ滅するまでに　それは果なく拡がるであらう
岐路と邪路とをわれらは警めねばならぬ
農民芸術とは宇宙感情の　地　人　個性と通ずる具体的なる表現である
そは直観と情緒との内経験を素材としたる無意識或は有意の創造である
そは常に実生活を肯定しこれを一層深化し高くせんとする
そは人生と自然とを不断の芸術写真とし尽くることなき詩歌とし
巨大な演劇舞踊として観照享受することを教へる
そは人々の精神を交通せしめ　その感情を社会化し遂に一切を究竟地にまで導かんとする
かくてわれらの芸術は新興文化の基礎である

農民芸術の分野

……どんな工合にそれが分類され得るか……

声に曲調節奏あれば声楽をなし　音が然れば器楽をなす
語まことの表現あれば散文をなし　節奏あれば詩歌となる
行動まことの表情あれば演劇をなし　節奏あれば舞踊となる

光象写機に表現すれば静と動との　芸術写真をつくる
光象手描を成ずれば絵画を作り　塑材によれば彫刻となる
複合により劇と歌劇と　有声活動写真をつくる
準志は多く香味と触を伴へり
声語準志に基けば　演説　論文　教説をなす
光象生活準志によりて　建築及衣服をなす
光象各異の準志によりて　諸多の工芸美術をつくる
光象生産準志に合し　園芸営林土地設計を産む
香味光触生活準志に表現あれば　料理と生産とを生ず
行動準志と結合すれば　労働競技体操となる

農民芸術の（諸）主義

……それらのなかにどんな主張が可能であるか……

芸術のための芸術は少年期に現はれ青年期後に潜在する
人生のための芸術は青年期にあり　成年以後に潜在する
芸術としての人生は老年期中に完成する
その遷移にはその深さと個性が関係する

リアリズムとロマンテイシズムは個性に関して併存する
形式主義は正態により標題主義は続感度による
四次感覚は静芸術に流動を容る
神秘主義は絶えず新たに起るであらう
表現法のいかなる主張も個性の限り可能である

農民芸術の製作

……いかに着手しいかに進んで行つたらいいか……

世界に対する大なる希願をまづ起せ
強く正しく生活せよ　苦難を避けず直進せよ
感受の後に模倣理想化冷く鋭き解析と熱あり力ある綜合と
諸作無意識中に潜入するほど美的の深と創造力はかはる
機により興会し胚胎すれば製作心象中にあり
練意了つて表現し　定案成れば完成せらる
無意識即から溢れるものでなければ多く無力か詐偽である
髪を長くしコーヒーを呑み空虚に待てる顔つきを見よ
なべての悩みをたきぎと燃やし　なべての心を心とせよ

風とゆききし　雲からエネルギーをとれ

農民芸術の産者

……われらのなかで芸術家とはどういふことを意味するか……

職業芸術家は一度亡びねばならぬ
誰人もみな芸術家たる感受をなせ
個性の優れる方面に於て各々止むなき表現をなせ
然もめいめいそのときどきの芸術家である
創作自ら湧き起り止むなきときは行為は自づと集中される
そのとき恐らく人々はその生活を保証するだらう
創作止めば彼はふたたび土に起つ
ここには多くの解放された天才がある
個性の異る幾億の天才も併び立つべく斯て地面も天となる

農民芸術の批評

……正しい評価や鑑賞はまづいかにしてなされるか……

批評は当然社会意識以上に於てなさねばならぬ
誤まれる批評は自らの内芸術で他の外芸術を律するに因る
産者は不断に内的批評を有たねばならぬ
批評の立場に破壊的創造的及観照的の三がある
破壊的批評は産者を奮ひ起たしめる
創造的批評は産者を暗示し指導する
創造的批評家には産者に均しい資格が要る
観照的批評は完成された芸術に対して行はれる
批評に対する産者は同じく社会意識以上を以て応へねばならぬ
斯ても生ずる争論ならばそは新なる建設に至る

農民芸術の綜合

……おお朋だちよ　いつしよに正しい力を併せ　われらのすべての田園とわれらのすべての生活を一つの巨きな
第四次元の芸術に創りあげようでないか……
まづもろともにかがやく宇宙の微塵となりて無方の空にちらばらう
しかもわれらは各々感じ　各別各異に生きてゐる

ここは銀河の空間の太陽日本　陸中国の野原である
青い松並　萱の花　古いみちのくの断片を保て
『つめくさ灯ともす宵のひろば　たがひのラルゴをうたひかはし
雲をもどよもし夜風にわすれて　とりいれまぢかに歳よ熟れぬ』
詞は詩であり　動作は舞踊　音は天楽　四方はかがやく風景画
われらに理解ある観衆があり　われらにひとりの恋人がある
巨きな人生劇場は時間の軸を移動して不滅の四次の芸術をなす
おお朋だちよ　君は行くべく　やがてはすべて行くであらう

結論

……われらに要るものは銀河を包む透明な意志　巨きな力と熱である……

われらの前途は輝きながら嶮峻である
嶮峻のその度ごとに四次芸術は巨大と深さとを加へる
詩人は苦痛をも享楽する
永久の未完成これ完成である

理解を了へばわれらは斯る論をも棄つる

畢竟ここには宮沢賢治一九二六年のその考があるのみである

付2　モリスのことば（＊　中公クラシックス『ユートピアだより』の挟み込み栞にある「名著のことば」を転載させて頂いた。ページ数は中公クラシックスのページである。）

かれ（船頭）は、自分の仕事に報酬が払われるというアイデアがひどくへんてこな冗談でもあるかのように、大声で陽気に笑った（一七ページ）

ユートピアには金銭がない。船頭は人々に河を渡してあげることが彼の当然の仕事であり喜びでもある。報酬とかチップの制度も習慣もない。人間の品位にかかわる習慣といえよう。

愛は非常に分別のあるものではありませんし、強情もわがままも、倫理教師の人たちが教えるよりもっとありふれたものなのですからね（六二ページ）

男女のもつ愛の強さ、愛ゆえのわがままは、ユートピアでもなかなか調教できない。両者がうまくマッチしなかったり、三角関係で殺人や自殺者がでることもあり、忍耐と強い自制心が求められている。

中世の人々はかれらの良心に従って行動しました。かれらは他人に科したものをすすんで自分が負う用意があったのです。反対に十九世紀の人々は偽善者で、人道的であるふりをしていました（七八ページ）

モリスは十九世紀イギリスの階級制度の中枢を形成していた上層中流階級《アパーミドルクラス》の冷笑的偽善ぶりを毛ぎらいした。無責任で思いやりに欠け自己中心的な人たちであるときめつけて、オックスフォードの学問もこの流れの中にあるとしていた。

知識というものは、かれ自身が自発的にそれを求めずにはいられぬ気になるとき、だれでもいつでもすぐ手にいれられるものなのです（一一七ページ）

ユートピアにおける教育は、子供たちに画一的な教育をほどこすことではなく、成長に応じて知識欲を触発させることにある。したがって学校教育は一掃されている。

私有財産が廃止されたので、私有財産がつくったいっさいの法律やいっさいの法律上の『犯罪』はもちろんなくなってしまったのです（一四七ページ）

生活の簡素化の一歩は諸悪の根源である私有財産の廃止である。これにともない物欲、性欲の乱用、暴力行為はなくなる。

うまく免れるような刑罰がなく、脱法に成功するような法律もない社会では、自責の念が、犯した罪のあとすぐにきっとやってくるものです（一五一ページ）

モリスはここで、罪ある女にむかってイエスが言った言葉を引用する。「イエスが、まず法律上の罰を免除しておいて、『帰りなさい、そして今後はもう罪を犯さないように』（ヨハネ福音書第八章第一一節）、といわれたことを思いだしてください」と。

労働の報酬は生きることそのものです（一六七ページ）

すべての仕事がユートピアでは楽しく生き甲斐となっている。有益な仕事をすることが楽しい習慣になっているからである。各人は芸術家の意識をもち喜びにあふれて制作に没頭するのである。

この世界市場は、いったん動きはじめると、人々を強制して、ますます多くこれらの商品を、その必要と否とにかかわらず、生産させつづけました（一七〇ページ）

現在の言葉でいえば「グローバリゼーション」となろう。人間生活に不必要な商品を安価に機械により大量生産をしていた十九世紀の実状のすさまじさをハモンド老人が代弁している。

わたくしたちの時代の精神というものは、この世のなかの生活の喜びであるべきですよ。人類が住む大地の表面、その肌そのものの強烈な自信に満ちた愛であるべきですよ（二三七ページ）

モリスの地球賛歌人間賛歌の表明である。「地上楽園」「田園都市」「自然との共存」などに通じるモリスの原点を示す主張である。

「大地、そこから生まれるもの、その生活！　どんなにそれを愛していることか。ああ、それがいえたら、それが見せられたら」（三六六ページ）

テムズ河の源流レッチデイルの自然の中にあるグレーの石造り破風屋根がたくさんある古い邸、この邸こそモリスの美の原点ケルムスコット・マナーなのである。この『たより』の舟旅の最後でモリスの心情を述べたもの。

▼本書掲載写真・図版一覧▲

大内　秀明（おおうち・ひであき）
1932年　東京生まれ
1955年　東京大学経済学部卒業
1960年　同大学院博士課程単位取得退学
1963年　経済学博士（東京大学）
1960年　明治学院大学経済学部専任講師
1961年　東北大学教養部講師、その後、助教授、教授を経て
1992年　東北大学退官
1993年　東北科学技術短期大学学長　東北大学名誉教授
1999年　東北文化学園大学総合政策学部教授、2003年定年退職
現在、㈳中小企業研究所理事長、㈶みやぎ建設総合センター所長（いずれも非常勤）

著書
『価値論の形成』（東京大学出版会）
『資本論の常識』（講談社）
『知識社会の経済学―ポスト資本主義社会の構造改革―』（日本評論社）
『恐慌論の形成―ニューエコノミーと景気循環の衰滅―』（日本評論社）ほか

賢治とモリスの環境芸術
芸術をもてあの灰色の労働を燃せ

2007年10月20日　第１版第１刷　　定価2500円＋税

編著者　大内秀明 ©
発行人　相良景行
発行所　㈲時潮社
〒174-0063　東京都板橋区前野町４-62-15
電 話　03-5915-9046
FAX　03-5970-4030
郵便振替　00190-7-741179　時潮社
URL　http://www.jichosha.jp
E-mail　kikaku@jichosha.jp
印刷所　相良整版印刷　製本所　㈲武蔵製本

乱丁本・落丁本はお取り替えします。
ISBN978-4-7888-0621-4